AF282859

Un PUÑADO de CARAMELOS

Josefina Solano Maldonado

PREMIO LITERARIO • GOBIERNO DE CANTABRIA 2023
XXVI Concurso de Cuentos – Manuel Llano

Premios Literarios de Cantabria 2023
Modalidad: Premio de Cuentos Manuel Llano

Consejera de Cultura, Turismo y Deporte
Eva Guillermina Fernández Ortiz

Director General de Cultura y Patrimonio Histórico
Juan Antonio González Fuentes

Jurado:

Presidente
D. Fernando Abascal Cobo

Vocales:
D. Luis Alberto Salcines Pérez
Dª Lourdes Royano Gutiérrez
Dª Adela Sainz Abascal

Secretaria
Dª Ana Gutiérrez Marcos

Primera edición: mayo 2024
© Josefina Solano Maldonado
© Ediciones Tantín
Diseño y maquetación: Ediciones Tantín

ISBN: 978-84-128488-5-4
Depósito Legal: SA-144-2024
Impreso en España – Printed in Spain

A ti, madre, que me cubres de mirada pura y certeza

STÜCK

Duerme. Ya tienes en tus manos
el azul de la noche inmensa.
JOSÉ HIERRO

¿Por qué se mata? ¿Por qué se muere? Ocurre siempre tan cerca…

En el campo de concentración para mujeres de Ravensbrück nos convertimos en humanidad arrasada, semejante, siamesa; en este campo todas somos números, fichas, trozos, piezas. Hay que aguantar con los dientes apretados, el corazón encogido y las ilusiones desgarradas. El vigor hay que estirarlo, moldearlo, adaptarlo a la supervivencia. Cuando alguna cae, otra ocupa su lugar e intenta resistir la vileza, los golpes, la locura, midiendo con sus pasos el mismo camino, la misma angustia, el mismo desconsuelo.

De mí queda una turba de palabras, que traducen un tiempo que siempre mata y siempre muere. Ya sé cómo solloza la nada en los ojos de las muchachas, sé cómo crecen las ortigas en los pechos de las madres huérfanas, sé cómo palpitan los gritos en el silencio hondo de las viejas que marchan hacia la cámara de gas.

Cuando me internaron en el campo de concentración, después de ser capturada en París por los alemanes, aún disponía de esa dosis de rabia que tenían mis compañeras españolas. Aún tenía fuerzas para levantar un mundo que pudiera ser deseado y amado fuera de aquel infierno. Ansiaba sacar adelante nuestras pequeñas revoluciones: robar ropa, libros y cuadernos de los talleres de clasificación; sobornar a la *kapo* del barracón para colar medicamentos o conservas; reunirnos cada noche, antes de que apagaran las luces, aprender alemán o contarnos historias. Era preciso afirmarse y renacer, adaptarse a la situación y sacar el mejor provecho de lo que no podía evitarse. Yo comencé a escribir un diario, quería dejar constancia de todo lo que ocurría en el campo, escribir no sólo de las atrocidades sino también de esos pequeños momentos en que rearmábamos la moral para seguir adelante. Eso era la esperanza con su ceguera muchas veces simulada, con la obstinación de encontrar un resquicio de luz entre tanta oscuridad.

Pero poco a poco dejé de obedecer a la lógica revolucionaria, en realidad no obedecía ya a ninguna lógica. Las raíces de aquel primer entusiasmo habían sido lentamente roídas por las duras horas del invierno. Después de perder a varias compañeras del barracón, ningún discurso me parecía sensato, y las que aún seguían empeñadas en la lucha no podían desbaratar ni una milésima el poder titánico de los alemanes.

¿Por qué se mata? ¿Por qué se muere?

Esas preguntas eran difíciles de contestar en aquel naufragio de humanidad. Aquellas horas, que a nuestra llegada habían pasado rápidas, a los diez meses, no acababan nunca de transcurrir; el agotamiento y la impotencia hacían mella en el ánimo. Los SS nos habían dejado claro que entre ellos y nosotras había tanta distancia fisiológica y espiritual como entre un gusano y un hombre. Sufríamos la animalidad del esclavo, el desprecio de las bestias, la humillación de vivir y morir sin ni siquiera recibir el consuelo de gritar o rebelarse.

Cuando llegábamos a Ravensbrück, las deportadas éramos ratas de cloaca a las que se les rapaban los cabellos y el pubis y se les enfundaban en batas azules de rayas blancas. Mutábamos en la sucia carpa, en la finta de su lodo; después nos íbamos convirtiendo en cucarachas, por último, llegábamos a ser un *Stück*, un trozo de algo que no valía más que la mierda que debía remover.

Eso es lo que hago ahora en el campo: remover mierda y ceniza. Dorothea Binz, una de las guardianas nazis, me pilló hurgando en los cubos de basuras. Ese día era yo la encargada de llevar al barracón todo lo que encontrara. Era una tarea peligrosa, pues todo el trayecto, que siempre se hacía de noche, estaba cruzado por los reflectores y las ametralladoras de las torres vigías. Pero ya teníamos maña y astucia para camuflarnos como una mancha en el cieno húmedo y oscuro del campo.

Acababa de guardarme en los bolsillos un troncho de col, tres rábanos secos y un buen puñado de mondas de patatas cuando oí a mis espaldas el crujir de las botas de Binz. Me giré y ella me miró con sus ojos cerúleos y duros. Empezó a hablar agitando sobre su mano enguantada el extremo de la fusta: «Vaya, hay ratas por aquí, y mira que procuramos librarnos de ellas a todas horas. Pero sois como la mala hierba. A ver, ratita linda, pon en el suelo todo lo que has encontrado. Hay que tener muchos cojones para desafiar las normas del campo, y salir de tu inmundo agujero a horas prohibidas. ¿De dónde eres tú, guapa, no llevas la estrella judía sino el triángulo de las presas políticas?». Yo le contesté sin titubeos: «Soy española». Alzando la voz me preguntó con tono irritado: «¿Eres una de las zorras de la Resistencia? Ya veo que sí, me han hablado mucho de las españolitas que en Francia hacían de enlaces con sus compatriotas y con esos perros franceses. ¡Menudas putas! Conseguisteis reventarles muchos planes al Führer en París. Pero ahora estás aquí, ratita española, este es tu lugar. Te voy a llevar al búnker donde vas a recibir los veinticinco latigazos, espero que sepas contar bien en alemán, porque como falles empezamos de nuevo. Como todavía eres joven y aprovechable, dentro de una semana te incorporarás a la *Scheiskolonne*, la columna de la mierda. Es un bonito trabajo, ratita, piensa que vas a serle útil al Tercer Reich, debes sentirte orgullosa. Verás te voy a explicar lo que tienes que hacer: en cuanto empiece la jornada la *kapo* te llevará a las letrinas, recogerás toda la mierda que puedas hasta llenar la carretilla. Cuando llegues a la zona que hay detrás aplastarás las heces con tus preciosos pies, las mezclarás con las cenizas del crematorio, y luego moldearás con tus manitas de muñeca bolitas de abono que les servirán a los campesinos de la zona. La escoria se convierte en comidita para las coles y las acelgas, buenas verduras crían los jodidos labriegos desde que fertilizan los huertos con esta bazofia. ¡Fabuloso plan! ¿Verdad? Veo que estás contenta, lo entiendo, ratita española, la ocasión lo merece».

En el búnker recibí doce latigazos, no fui capaz de aguantar los veinticinco del castigo. Cuando me desmayé me encerraron en una celda pequeña y oscura. Desperté sedienta y enfebrecida, sintiendo, en mitad del delirio, que había dejado de ser una mujer para convertirme en un pedazo de materia, en ese *Stück* del que hablaban los alemanes cuando se referían a nosotras. Todo empezó a perder su significado desde que dos ojos, una boca, un cuerpo entero ya no significaban nada de lo que significaban antes. Todo mi organismo no era más que una pieza que debía encajar en la gran máquina de producción del sistema del campo, no era más que un trozo de una sustancia que debía moverse al ritmo que marcaban las órdenes, los gritos y los golpes.

En la oscuridad de aquella celda, corrían vertiginosas las ideas concentrando, en un instante, capítulos completos de un pasado que iba enterrando en una parte de mí donde nunca más encontrarían la luz. En mi nueva naturaleza todo lo que antes me aturdía comenzó a serme indiferente, lo mejor era emparedarte dentro de ti misma, usar la sequedad voluntaria del corazón, apartarte de lo que habías sido hasta entonces.

Cuando me incorporé a mi nuevo trabajo, no tardé en acostumbrarme a toda aquella podredumbre. Y es que cuando eres un *Stück* te acostumbras a que todo sea repugnante, te acostumbras al hedor, te acostumbras a las moscas, te acostumbras a las llagas, te acostumbras a integrarte en esa masa infeliz de prisioneras que trabajan, enferman y mueren. Pisaba los excrementos, los mezclaba con las cenizas y hacía la bola de abono con modos de autómata, formaba parte de algo que formaba ya parte de la nada. Era una más de aquellas mujeres-trozos, de las mujeres-series que trabajaban hasta la extenuación, era una más de las mujeres-harapos que llegaban al crematorio, como en un futuro lo haría yo, siendo un elemento desechable.

En ese salvaje camino hacia la materia fui perdiendo las emociones. El campo me iba inoculando algo doloroso y plano, mi cuerpo era gobernado por hilos finísimos que se combinaban en proporciones de tres por uno: tres partes de soledad y una de sangre; tres partes de silencio y una de grito; tres partes de muerte y una de vida. Cuando acababa la jornada y llegaba al barracón, tomaba la sopa y me tumbaba en la litera. Ya no éramos más que una especie de conocidas que nos hablábamos sin ganas y sin promesas. Estábamos fabricadas de la misma materia, aunque cada una pulía la forma que acomodaba sobre sus huesos para seguir sacando un ápice de esperanza o para borrar el futuro de un plumazo.

Yo me giraba hacia la pared y cerraba los ojos. No quería lidiar durante más tiempo con aquel tufo de cosa descompuesta, que no provenía de las letrinas, sino de muchas voces podridas en la garganta, de muchas ausencias consumidas en los ojos. Las peores desgarraduras no estaban en la carne, las llagas más purulentas no cubrían los brazos, esas estaban en aquel deseo que una vez nos hizo a todas aspirar a algo distinto que no llegaba ni llegaría jamás.

Abril vino al campo de Ravensbrück con su música de estambres heridos y flores secas. En la plaza, la pequeña orquesta, formada por las SS con unas pocas instrumentistas austríacas, tocaba viejos valses mientras los comandos desfilaban de vuelta a los barracones.

Elka, una muchacha polaca de apenas veinte años se acercó a mi litera, y me pidió que le vendara con un trozo de su propia bata una herida que tenía en el brazo que no dejaba de sangrar. La miré despacio, observando su rostro y sus gestos. El año que llevaba internada en Ravensbrück me había hecho desarrollar un sentido particular sobre mis compañeras. Era muy delgada la línea que había entre una heroína y una villana, pues la que un día compartía contigo un pedazo de pan, días después podía convertirse en chivata con el objetivo de que las *kapos* les facilitaran, a cambio de sus confidencias, un par de salchichas o un trozo de jabón. En Elka no había otra intención más que procurarse mi ayuda. Le vendé el brazo mientras ella tiritaba de debilidad, de fiebre, de ganas de llorar. Me dijo que su madre había muerto de disentería a los pocos días de ser internada en el campo. Había en su desaliento una parte de fracaso insostenible y una gran conciencia de culpa. Le dije que no debía sentirse responsable del destino de su madre. Ella se acurrucó contra mí, ocultando la cara en mi pecho, enlazándose a mí con los brazos. Hacía tiempo que reaccionaba con frialdad a los besos, a los gestos enternecedores, a los contactos físicos con otras deportadas. Casi de forma inconsciente había asumido que en mi nueva condición de *Stück* era intolerable toda idea de afecto. Sin embargo, el abrazo de Elka despertó en mí una extraña emoción, algo que no era la simple limosna de la piedad, era algo que traía de vuelta mi parte humana. Cuando apoyó la cabeza en mi regazo, me sentí curiosamente unida a otro ser. Permanecimos un rato en silencio, arrobadas por aquella razón serena que muestra la ternura. No era posible estar tan cerca de una criatura tan desvalida y permanecer completamente insensible. Cuando Elka volvió a hablar, su voz sonó estremecida: «Dime ¿Por qué se mata? ¿Por qué se muere?».

Yo comencé a acariciarle los cabellos y le dije: «Matar y morir forman parte de una guerra que nunca quisimos, una guerra que no sólo se come a los cadáveres, sino también a los vivos. El campo nos va devorando día a día, con sus dentelladas de dolor y soledad. Porque estamos muy solas, Elka, aunque estemos rodeadas de muchas mujeres. Quizás esa sea la peor de las batallas, la que va provocando en nosotras el derrumbe, las pasiones desajustadas. Yo me he convertido en un *Stück*. Me he convencido de que sólo puedo seguir adelante si mato los sentimientos, si anulo mi conciencia, si evito pensar en los momentos felices del pasado. Únicamente así puedo sobrevivir y hacer encajar todo lo que no encaja. Estoy viva, pero hay algo que se pudre en mí y no puedo extirpar. Cuando te has acercado, cuando me has abrazado, se ha despertado en mí ese lado humano que procuro a toda costa evitar. Para que alguien vuelva a ser dueño de sus propios actos son necesarias unas manos, unas palabras, un tiempo donde no se mata y no se muere, este tiempo nuestro, Elka. Has interrumpido ese viaje hacia la locura que sale de una mente enfebrecida y un corazón embotado».

Elka y yo nos besamos en los labios. Me habló con una voz tranquila que nada tenía que ver con el tono estremecido que había adoptado hasta entonces: «¿Tienes miedo?». La miré despacio, sentía alegría por el favor completo de aquel beso y a la vez tenía miedo de volver a perder el alma, me aterrorizaba tener que volver a ser un *Stück*, un trozo, un bulto con ojos y manos que amasaba bolas de abono. Y sobre todo tenía miedo de perder a Elka. Aquella muchacha había logrado que empezara a amar de nuevo el mundo, que lo esperara lejos del temblor y el llanto.

Desde aquel momento nunca nos separamos, nos apoyamos en todo, procurábamos llevar a buen término las durísimas jornadas de trabajo cuando dormíamos abrazadas. Logramos sobrevivir al campo y juntas salimos de nuevo a la vida, al aire, a la primavera, a todo aquello que madura las pasiones y acrecienta la dicha como si hubiésemos vuelto a nacer. Por qué se mata y por qué se muere eran actos que ya entendíamos, que habíamos sufrido sumisamente vencidas, que habíamos llevado como lastres dentro de nosotras. Fuera de Ravensbrück empezamos a construir días nuevos, meses nuevos, años nuevos en los que el amor fue nuestro verdadero paraíso.

PARÁSITOS

Los humanos no pueden soportar mucha realidad.
THOMAS STEARNS ELIOT

Esta mañana han empezado a salirme gusanos por los ojos. Era lo que esperaba. Las larvas han estado incubándose varios días detrás de mis párpados. Se han ido escurriendo por mi cara hasta el suelo del barracón. La soledad que me aborda hoy es una soledad nueva, distinta a mis otras soledades. Siento en los huesos una sorda sensación de derrumbe. En la piel de mi rostro se drena una palidez glacial, y en mis manos se aloja la rigidez embalsamada de un gesto. Intento defenderme de todos estos bichos que atacan cuando somos más débiles. Es como si una hueste de gusanos me comiera los recuerdos poco a poco.

Aunque desde que fui encerrada en el campo de Ravensbrück, hace ya seis meses, me han atacado asiduamente las chinches y los piojos, hoy, sin embargo, noto mi cuerpo igual que un hospedero de músculos y sangre donde han desovado cientos de parásitos. Los noto recorriéndome el útero, subiéndome por la espalda, trepándome por el cuello, buscando incansablemente una salida.

Gerda Schwarz me ha observado con la grieta de sus ojos, y ha callado para evitar el escándalo. Es la única, de las tres mujeres que compartimos litera, que ha logrado acostumbrarse a todos mis parásitos, a todas mis soledades. Ella es una de esas hembras que gastan la prudencia y el escepticismo de quien cambia a menudo de promesas y de sueños. Gerda Schwarz tiene siempre en los labios una sonrisa narcótica, una mueca incisiva que le sobreviene sin esfuerzos. Antes de llegar al campo, estaba en una cárcel de Berlín acusada de descuartizar a su propio hijo. Quiere que la nombren *kapo* de barracón, es lo que hacen en Ravensbrück con las presas comunes. Gerda sabe que en esta jaula infecta se sobrevive cuando te haces respetar. Su orgullo alimenta un heroísmo que le hace enseñar los dientes a la primera provocación. Ya conoce la importancia de las normas del campo que se tejen al margen de la ley, conoce bien el valor que aquí dentro tiene el aguante, el soborno y el precio de las cosas. La primera vez que me vio, me agarró por la barbilla y me dijo: «Pronto te acostumbrarás. Es mejor embestir que despertar con un puñal en la garganta. El temor suéltalo con tus heces, aquí triunfan las canallas que son capaces de sacarle el gañote a una serpiente. Suelta el miedo antes de que se te seque dentro».

Recuerdo con precisión cada una de sus palabras. Quise hacerme fuerte, alzarme sobre mis propias ruinas, levantarme sobre la otra que estaba obligada a ser para salir adelante.

Mis primeros días en el campo estuvieron dominados por ese instinto primario que había conocido en la niñez. Estaba en un campo de concentración, encerrada entre paredes leprosas, rodeada de mujeres con la herrumbre metida en los ojos. Nos hacinaban como animales. Formábamos un corro de prisioneras con las manos llagadas, el sexo descarnado, las risas desdentadas, los pechos caídos, las espaldas corvas, los alientos vencidos. Una multitud de perras flacas que olisqueábamos en cada rincón el hedor inconfundible de la miseria.

Entre aquellos muros desconchados latía un hampa donde el coraje y unas raciones de comida extra podían cambiarte el pellejo y el destino. Si no entrabas en la horda eras igual que una sabandija sin charca. El inframundo de Ravensbrück no libraba batallas de honor y conciencia; vivir en el campo era asistir cada día a un zafarrancho de estraperlos, chanchullos y complós donde las *kapos* tenían la sartén por el mango. En ellas podías percibir el núcleo oscuro de sus corazones; en las presas puñados de violencia hundidos en la boca, yertos en el rédito de sus miserables intereses.

Cuando cumplí el primer mes en el campo algo cambió. El miedo fue dando paso a una desolación semejante a la sonrisa quebrada de los viejos. Era como si un puñado de sanguijuelas estuvieran chupándome todas las emociones para dejarme un asco que tiraba de los músculos y me dejaba exánime. Me sentía como abandonada en un lazareto, con el corazón emputecido y la mezquindad cuajada en las pupilas. Era un animal lisiado que no esperaba la libertad, una gata abatida dentro de una ratonera. Me costaba trabajo seguir el ritmo de la manada, no podía caminar tras esas hembras toscas y soeces. Cada hora era para mí una rutina que no presagiaba nada bueno, el tiempo malograba la esperanza con el rescoldo de su lepra. Me entretenía soñando una calle grande, violeta, mojada o añil que aliviara el sufrimiento de no tener ningún camino donde ubicar mis pasos.

La primera semana vomité un puñado de lombrices en el lavabo. A Gerda Schwarz nada de aquello le resultaba extraño, sacó una botella de ginebra que guardaba bajo el jergón junto a una navaja y me dijo: «Me das el pan de una semana a cambio de un buen trago. Como los parásitos consigan anidar en los huecos de tu cuerpo ya no se irán nunca. Bebe, bebe, siempre es mejor tener un agujero en el estómago que en el alma».

Y bebí, enfrentándome al torbellino ceniza de la noche. Un trago podía amansar durante un rato esa soledad que trituraba hasta mi propia sombra. Con la resaca volvía el recuerdo. Venían a mi memoria el abrazo de mis hijos, sus caritas asustadas, y pensaba en ese delgado cordón de rencor que los días irían tejiendo sobre ellos. No dejarían de decirle que su madre era una delincuente con sangre judía, una mujer que había intentado matar a su padre.

El día en que empezaron a brotarme arañas del pelo lloré mucho, lloré tanto como en aquel momento en que fui acusada por mi marido, uno de los soldados de la Wehrmacht. Me había casado con un hombre sencillo que me prometió la luna. Al principio viví un período apasionado lleno de cine y sueños. Él imaginaba el guion de nuestra película, y me decía: «No temas nada, nena, no te dejes impresionar por las durezas de la vida, un boxeador se hace grande mientras más golpes recibe. Yo voy a estar a tu lado siempre para defenderte, yo pelearé por ti, mataré por ti si hace falta». Trabajaba en un taller de mecánica, yo era panadera. Llevábamos una vida modesta pero feliz. Tuvimos dos hijos y todo empeoró.

Se convirtió en un extraño cuando se unió al partido de Hitler. Me despreciaba alegando que le había ocultado que tenía un antepasado judío. A pesar de que le aseguraba que aquello no era cierto, él seguía recordándome mis orígenes polacos. Afirmaba que sabía de buena fe que mi abuela era la hija de una judía de Varsovia, y que por mucho que lo negara por mis venas no corría sangre aria. Debajo de aquella corteza externa de muchacho tímido bullía un temperamento violento, un alma enfermiza, encadenada a los prejuicios raciales propugnados por la política nazi.

El día que se alistó en el ejército alemán vino a casa y se sentó a la mesa. Probó la sopa de patatas, la escupió y tiró el plato al suelo. Era la misma sopa de siempre, pero furioso se levantó y me gritó que quería envenenarlo. Aunque nada era cierto, me denunció y fui condenada. Su coartada había funcionado a la pefección. Entré en la cárcel y los niños se quedaron bajo su tutela. Después de seis meses me trasladaron al campo de mujeres de Ravensbrück. No dejaba de pensar en mis pequeños, acabarían siendo hombres imbuidos de esa estúpida moral nazi que su padre profesaba. Terminarían odiándome, creyendo que realmente era una asesina. Pensarían en mí con calculado desapego, con la misma hostilidad del acusador, conservando plena conciencia de mi culpa y mi porvenir. Poco a poco surgiría entre nosotros distancias incalculables, pozos de humo y niebla, olvido…

A los seis meses de mi estancia en el *Lager*, empezaron a salir orugas de mis brazos como si fueran la prolongación de mis venas; noté en mi sangre algo incisivo, cortante, rasposo. Horas después me brotaron hormigas de las uñas, buscaba los rincones tornándome huraña e intratable. Gastaba el tiempo haciéndome cortes en las rodillas con el punzón metálico que yo misma fabriqué Vinieron las cucarachas que manaban de las heridas, y que se perdían en las grietas del suelo. Gerda, al verme, me susurraba al oído que parara, que allí no había espacio para la locura.

Hoy son gusanos los que me salen por los ojos, los que juegan con mi destino a la derrota, los que me traen esta soledad fría que habita en la piel de las muchachas que están muertas sin saberlo. Poco a poco voy ignorándolo todo de mí, no sé a qué cuerpo pertenezco, sobre qué olvidos yazgo, en qué corazón labro mi ansia.

Gerda Schwarz me mira, acaricia el filo ensangrentado. Comprende cómo acaban todas esas cosas que duelen muy hondo, y hacen que los parásitos aniden irremediablemente en el cuerpo. Gerda Schwarz ya sabe cómo resulta la mirada quieta de los muertos, asestados por navaja, no le asusta ese vacío impasible que guardan en los labios. Gerda Schwarz ya sabe que el cadáver de una loca repite en silencio una y mil veces su delito.

EL CLUB DE LAS SANADORAS

Sólo tu corazón caliente
y nada más.

Federico García lorca

REMITENTE
Nombre: Carmen
Apellidos : Martínez Valdemoriano
Domicilio: Barracón 2, Campo de Mujeres «EL Puente de los Cuervos» (Ravensbrück)
Provincia: Fürstenberg (Alemania)
Desea noticias del destinatario: José Renteras Platino (Campo de Mauthausen)

14 de febrero de 1945

Hoy ha llegado al campo una comitiva de la Cruz Roja Internacional, y se le ha dado la posibilidad a un pequeño grupo de mujeres extranjeras de escribir una carta a un ser querido. Me ha dado este papel Suzanne, una enfermera suiza que habla un poco de español. Me ha prometido que te hará llegar esta misiva, se encargará personalmente de ello. Esta comisión irá seguidamente a Austria, donde estás.

Me ha revelado que el fin de la guerra está cerca pero no sé si creerla. Llevo en el campo diez meses esperando una liberación que nunca llega. La vida es un juego, un juego en el que a veces podemos salir derrotados. Eso somos ahora, dos perdedores que intentan sobrevivir: tú en el campo de Mauthausen, yo en el infierno de Ravensbrück.

Te vi partir hacia Alemania en aquel tren que llevaba a todos los prisioneros. Sophie, una compañera francesa que sabe alemán, trabaja en los servicios administrativos y nos trae noticias del exterior. He sabido que tu destino fue el pueblo austríaco de Mauthausen, cuentan que los *Spaniers* trabajan duro en la construcción del campo. Eres fuerte, y me prometiste que nadie destruiría nuestro futuro. Esa es también mi batalla, seguir adelante a pesar del llanto, de la enfermedad, de los deseos rotos.

El trabajo es extenuante. Yo estoy en un escuadrón que debe drenar el lago Schwedt. Metidas en las gélidas aguas, tenemos que sacar cieno para hacer ladrillos. Pero tu recuerdo me da fuerzas, José. Tengo que escribirte, tengo que buscar palabras que te definan, palabras que contengan todos los besos que aún no nos hemos dado. Te siento muy dentro, puedo cerrar los ojos y conocer los sueños que persigues. Estamos juntos, como en aquellas tardes en que paseábamos por Málaga, cogidos de la mano, sin pesar que el mundo tenía trampas y sombras.

Cuando estalló la guerra empezó el delirio. Venías a buscarme en mitad de la batalla, y me decías que sólo yo era capaz de segar las rosas negras que nacían en tus noches más oscuras. Aún recuerdo nuestra huida entre el fragor y la sangre por la carretera de Almería, los días en las trincheras, y el empuje para seguir adelante con esperanza, porque con amor siempre hay esperanza. Sólo tú me haces escapar de aquí cuando te escribo, cuando te pienso. Escribo para llegar a ti y calmar la terrible embestida de la ausencia.

Por instantes pienso que quizás esta carta nunca llegará a tus manos, quizás un día sea para ti olvido, quizás algún día mi rostro se borre en tu memoria, al igual que mis caricias, al igual que mis senos blancos y mis cabellos negros. Tal vez mañana sea una más de esas mujeres que amanecen muertas en el barracón, mordidas por el hambre y las heridas. Tal vez mañana no sea más que un puñado de cenizas en el fondo del lago, una memoria leve que se irá perdiendo en las ondas del agua. Pero no quiero que se me pegue al alma esa tristeza honda que se siente cuando ya no se cree en nada, quiero seguir creyendo en ti, quiero esperarte con la misma paciencia con la que se esperan los trenes en los andenes vacíos, en las estaciones abandonadas.

No voy a permitir que estos malditos me hagan creer que llevo encima una vida póstuma que hay que consumir trabajando para el sistema nazi. Tú tampoco puedes sentirte vencido, mi amor. Allá donde estés líbrate de mantener tu corazón enfermo, yo estaré ahí mientras tú quieras alojarme. Debemos aguantar un poco más. Es hermoso saber que podemos habitar en el pensamiento del amado, en unos ojos que nos hicieron comprender el mundo con tan solo una mirada, en unos brazos que rodearon el placer más rotundo de la vida.

Las españolas del barracón y algunas amigas francesas y polacas hemos organizado un grupo de apoyo. Mantener la moral alta es absolutamente necesario. Lo hemos llamado «El Club de Las Sanadoras». Cada una de nosotras tiene que aportar algo que sirva a las demás. Marlene, una muchacha de Lyon, nos canta trovas francesas; Martina, una granadina que formaba parte de la compañía de teatro ambulante de La Barraca, nos recita los versos de Laurencia y Frondoso, los dos enamorados de Fuenteovejuna. Va cambiando los registros de voz, y pone tanta fuerza en su interpretación que llega a emocionarnos. Ruth, que es de Varsovia, sabe pintar muy bien y nos hace dibujos en las paredes de ventanas abiertas con espigas. Teresiña, la gallega, nos habla siempre del mar. Dice que su madre la parió en la playa, que vino al mundo bañada por las olas. Nos habla de barcos eternamente errantes, de marineros aparecidos en los cruceiros. El fervor de sus leyendas nos cautiva. Estamos necesitadas de historias que nos hagan huir del infierno.

Las deportadas que trabajan en la cocina se las arreglan para traernos un poco de comida extra. Una pequeña ración adicional supone vivir otro día más. En el campo la comida es una sopa de agua entibiada donde flotan algunos nabos que cae en nuestros estómagos con una frialdad pesada, ahuecadora, de serrín mojado. Yo soy «la sanadora poeta», así me llaman mis compañeras. Escribo poemas en mi cuaderno, y a veces se los recito.

¡Ojalá alguna vez pueda también recitártelos a ti! Quiero dejar atrás este pedazo de vida que nos ha tocado en suerte. Recuerda siempre lo que nos decíamos en los momentos de amargura: hay que buscar la flor en mitad de la bosta, el cielo en el fondo de las simas, la música detrás de la metralla, las alas después del látigo, la razón en mitad de la locura, la palabra que supera todos los silencios, el camino que nos saca del laberinto, la soledad que transita en compañía, el calor primero sobre el frío, el tiempo leve que a cada instante nos hace eternos. Eso es amar y yo te amo ¿Acaso no somos los hacedores de nosotros mismos? ¿Acaso no podemos soñar con una ola de besos que nunca acabe? No, no voy a perder el juego, no voy a escribirte nunca más que somos perdedores, nunca pierde el que en amor gana.

El futuro aguarda. Volveremos a Málaga juntos. Recorreremos La Alameda, escucharemos música en el Café de Chinitas, repetiremos nuestro primer beso en la plaza de la Merced. Todo será como antes: el olor de los jazmines, la tarde sobre La Alcazaba, el baile de los domingos. Tiene que ser así, mi amor.

¿Te acuerdas de aquellas tardes de verano en que nos sentábamos en la arena para ver el atardecer sobre el mar? Yo me ponía sobre los cabellos aquel pañuelo verde que ondeaba con el viento tibio de la tarde. Tú me apretabas contra tu pecho deseoso de estar siempre así. Cada día cierro los ojos y vuelvo a la playa contigo, a los callejones del Perchel, a las corralas de la Trinidad donde vivíamos.

Hoy es catorce de febrero, y Jenny, una inglesa que se ha unido a nuestro club, nos ha contado que en Londres se celebra el día de los enamorados escribiendo mensajes en tarjetas que llaman «valentines». Es hermoso que los que se aman tengan también su fecha. Esta misma mañana todas Las Sanadoras que trabajamos en el lago hemos conseguido hacer una pequeña revolución para conmemorar la fiesta. Dos polacas han fingido una pelea, y mientras la *kapo* que nos vigila iba a ver qué sucedía, en vez de moldear ladrillos rectangulares, hemos hecho corazones de barro escribiendo cada una un nombre en su interior. Yo he puesto el tuyo, José. Enseguida hemos colocado a buen recaudo nuestra obra. Hemos escondido nuestros peculiares «valentines» en las cajas de secado, cubriéndolos con sacos. Al acabar la jornada cada una ha traído el suyo al barracón. Hemos disfrutado como niñas contándonos historias y anécdotas de nuestros noviazgos. Son estas pequeñas cosas las que nos ayudan a seguir adelante.

No desmayes, José. Tenemos que mirar el mundo para pensarlo fuera del dolor, fuera del vocabulario de los tiranos, fuera de las fronteras que hieren, fuera de las alegrías muertas, fuera de esos pensamientos que no ocupan volumen ni lugar en el espacio. Busca mi voz junto a la tuya para volver a amar suavemente las cosas; una voz tuya y mía que me cuente cómo es la existencia cuando se escribe sin miedo. Una voz nuestra fuera de las cadenas, fuera del pan amargo que a menudo nos alimenta. Todo es un juego, bien los sabes, ha llegado el momento de empezar otra partida, esta vez no podemos ser los perdedores.

Te amo.

Carmen

* * *

Aquel destacamento de la Cruz Roja Internacional llegó en abril al Campo de Concentración de Mauthausen. Suzanne cumplió la promesa que le había hecho a Carmen y buscó entre los españoles a José. Encontró a un hombre esquelético con el pelo pajizo y la piel escamosa. Era otro más de aquellos seres que había visto devorados por el hambre, rotos a dentelladas por la crueldad de sus captores, destrozados por el duro trabajo del campo. Le entregó la carta de su novia. José besaba una y otra vez aquel pliego. Él también había sabido esperar concienzudamente, se había agarrado al recuerdo de la mujer amada para levantarse cada día, para soportar las condiciones extremas de la cantera donde trabajaba, para no lanzarse, como otros compañeros, contra las alambradas electrificadas de Mauthausen.

Carmen y José se reencontraron en París cuando fueron liberados los campos donde estaban prisioneros. Se casaron en la capital francesa y allí vivieron durante cincuenta años. Regresaron a Málaga ya ancianos. Cuando alguien les preguntaba cómo habían logrado sobrevivir a tanto horror, ambos se miraban y enseñaban esa sonrisa que sólo el amor procura.

LA BELLA HISTORIA DE UN PECADO

Los pecados escriben la historia, el bien es silencioso.
J. W. GOETHE

Dicen que comenzará su historia de hombre verdadero cuando, al atardecer, empiece a caminar por Berlín al lado de su padre, el comandante de la SS Alphonse Bösewicht. Esta vez no habrá discursos sobre una guerra que progresa, ni alabanzas sobre la Wehrmacht. Roth Bösewicht, que acaba de cumplir los veintidós años, marchará con su cuerpo flaco envuelto en el gabán, el sombrero de fieltro calado hasta las cejas, y la inexperiencia y desmaña que da la juventud. Paseará bajo el invierno berlinés mordiéndose los labios con fuerza, sin poder rechazar el desafío, sin derecho a réplica. A cada paso pensará en lo triste que son las noches cuando el licor ahoga las estrellas, en lo amargo que deben ser los besos comprados, en las espigas de avena que tienen que estar creciendo en los pechos grises de las prostitutas. A cada paso pensará en la indiferencia y el tedio que deben habitar en el abismo de sus ojos cargados de perlé, pensará en ellas como en bestias atadas a la noria de la vida, siempre recorriendo el mismo trayecto, siguiendo sus propias huellas sin que el insomnio y el vértigo se les escurra de las manos. Padre e hijo caminarán juntos hasta la puerta del burdel Küsse, y allí, mientras escupa el humo de su último cigarro, el comandante de la SS le dará los últimos consejos a su primogénito. Le dirá que la piedad debe desterrarse cuando te encuentras entre las piernas de una ramera, le dirá que aprenda a calmar la sed del varón en la penumbra de un cuerpo femenino que conoce bien el oficio de la perdición, le dirá que se deje arrastrar por esas palabras carcomidas y sucias que sólo pronuncian las putas. El comandante Alphonse Bösewitch le explicará que las mujeres de la vida conocen bien al hombre al que deben complacer, porque su naturaleza es la de la seducción y el pecado. Su hijo tiene que salir de ese mundo de papel y fantasía en el que vive. Considera que los libros sólo pueden enseñarle conceptos sin vida, porque lo que realmente cuenta para don Alphonse es la experiencia. Aunque el chico es buen estudiante, las lecciones ejemplares debe aprenderlas en las calles de una ciudad en guerra, en el trato con los otros, incluso con los más ruines, en los goces tabernarios del juego, y sobre todo en los burdeles donde echará agallas. Allí morirá su mocedad y su recato. Dándole una palmada en la espalda se despedirá con la misma sentencia machacona y reiterativa: —La vida se ve diferente después de yacer con una mujer, los hombres necesitan desfogar sus pasiones, y aquí te enseñarán cómo hacerlo. Entrarás como un niño y saldrás convertido en un hombre.

Leyna llegará al burdel antes de que anochezca, y junto a las otras chicas, será de nuevo aleccionada por Zelinda Nagetier, la madame. Esta les recordará que no es tarea fácil la de gobernar a los hombres que van allí, pero se tendrán que dejar hacer, ellas no son nadie para enmendarles la plana a ningún caballero. Zelinda Nagetier se reirá con aspereza, enseñando sus dientes amarillos entre el carmín de los labios, beberá una copa de coñac de un solo trago, y comenzará a recibir a los clientes. Llegará el comandante Bösewitch, que le indicará su cometido: —A este me lo despabilas, Frau

Zelinda, búscale una buena hembra. Ya sabes que el dinero no es problema. Hoy no me quedo, tengo asuntos que atender, empléate a fondo con el muchacho. La madame estrechará la mano del joven, lo mirará con compasión mientras le despacha un licor con estilo casi reverencial. Leyna sabrá enseguida que será ella la elegida para desvirgar al mozo. Nagetier siempre le entrega esos mancebos delicados y gentiles para que cometan sus primeros pecados de lujuria.

Ella observará a ese bellísimo joven, de pelo rubio y ojos claros, y pensará que también en él se despertarán los instintos más oscuros, y los apetitos más feroces cuando posea su cuerpo. Leyna verá en ese muchachito inserto en un mundo de ventajas, que le permitirán creerse invulnerable. El hijo de un comandante de la SS deberá tener una idea del amor que nada tiene que ver con los lupanares. Ella sólo será el depósito de unas necesidades fisiológicas que habrá de ir midiendo con dosis de respeto y ternura graduables. El amor estará reservado para la mujer que haya de ser su esposa: una mujer aria y noble, que sepa llevar un hogar, que eduque bien a los hijos. Todo acontecerá según lo previsto, como en una empresa seria donde cada cosa desempeña su función. Leyna volverá a convencerse de que ella sólo será una bestezuela innoble, su cuerpo será la mercancía donde un muchacho cambiará la inocencia por la pasión y el placer comprados.

ESTÁN EN LA HABITACIÓN

Las paredes están empapeladas con festones de rosas negras sobre fondo rojo. La cama está cubierta con sábanas blancas. En una mesita, colocada junto a la ventana, hay una botella de coñac y dos copas. Leyna le sirve una al joven, que intenta ocultar su nerviosismo intercambiando unas palabras: —Es bonito tu nombre, Leyna, toda tú eres bonita.

No muestra los impulsos desbordados de un temperamento joven, ni los gestos pueriles que otros revelan cuando se encuentran por vez primera solos frente a una mujer. Ella lo mira con sonrisa provocativa. El cabello ondulado le cae sobre los hombros, gira sobre sí haciendo volar su falda.

Le pide que se quite la chaqueta, y al hacerlo cae al suelo una pluma de plata. Leyna la recoge y juguetea diciéndole: —Es bonita. ¿Por qué lleva usted una pluma, Roth? Él con gesto delicado le explica que le gusta escribir. —¿Podría escribirle algo a alguien como yo, a una pobre oveja descarriada? Toma un trago y sonríe. Se quita el vestido, aparece deslumbrante con un conjunto de lencería negro. Con la firmeza de todas las convicciones le dice: —Ningún poeta podría resistirse a escribirle a una mujer como tú. Saca un pequeño cuaderno del bolsillo, y empieza a escribir. Leyna, sentada en la cama, lo mira sorprendida, cree que es como uno de esos enfermos raros que se sienten orgullosos de su dolencia. Cuando acaba, la mira con dulzura y le entrega el cuaderno para que Leyna lea los versos que le ha compuesto:

Quisiera que lo entendieses todo
cuando me hunda en tu silencio de lirio y nostalgia
quisiera que me entendieses
cuando sólo sea un hombre estremecido
bajo el peso leve de tu cuerpo.
Déjame que prenda la dulce

Leyna se queda tan sorprendida que incluso llega a ruborizarse. Jamás había imaginado que un hombre pudiera tratarla sin esa villanía que suelen gastar sus clientes. Roth Bösewitch la recorre de nuevo con la mirada, y presiente en sus ojos un abismo insondable, un ansia enorme de querer y ser querida, un deseo de compartir con alguien todos sus vacíos, de contar por qué todos la ven como una yegua herida que no merece dedos compasivos, ni afecto verdadero. Ni siquiera sabe mentirse a sí misma para que la vida sea menos ofensiva de lo que es, quizás ya no queden cosas que la apasionen o le gusten lo suficiente, quizás ya sabe que no le queda más que ser una desheredada que tiene maltrecho el corazón. Unos simples versos han servido para que no se sienta humillada y encadenada a la miseria de su cuerpo.

Leyna se acerca, le desabotona la camisa, la correa, y le susurra al oído que el poema es el mejor regalo que le han hecho nunca. Arquea su cuerpo para despertar la carne del varón. El joven acaricia sus cabellos de crenchas onduladas, siente el perfume que emana su piel, se acostumbra a sus senos que recorren el torso, recibe su boca de miel y agrura. Roth Bösewitch no la trata como una puta sino como una mujer. Ella nota la ternura de sus dedos púberes enredándose en el pelo que le aparta de la cara para besar las mejillas, para encontrar sus labios granates, para recorrer palmo a palmo cada trozo de su cuerpo en el que va descubriendo la geografía de un paisaje nuevo. Leyna por vez primera tiembla y se estremece cuando él va modelando la hechura de sus caderas, el arco de sus ingles, la grácil curvatura de sus piernas. Por vez primera se entrega sin reticencias a un hombre que es capaz de amarla y admirarla al mismo tiempo. No embiste como un animal en celo, no entabla ese combate arduo y rápido de las alimañas que sólo persiguen la presa. Roth Bösewitch siente el aleteo de las aves que se inician en el vuelo. Su natural encanto, su sonrisa, su cálida voz lo diferencia de todos los miserables que han pasado por la cama de Leyna. No es como esos militares vulgares y soeces, que tienen grabado a fuego en la cabeza, que el placer obtenido por una prostituta es puro instinto sexual, necesidad propia de los varones.

El muchacho se recuesta a su lado, se entrelazan las manos y sonríen como niños. —No ha estado mal para ser su primera vez le dice ella perdiéndose en el mar intenso de sus ojos. Y él con la voz firme responde: —No hay mujer que pueda igualar tu belleza, Leyna, eres extraordinaria. Y tutéame, Frau Zelinda me ha dicho que apenas llegas a los veinte años, eres casi de mi misma edad ¿Por qué trabajas en este burdel? Cuéntame tu historia.

LA HISTORIA DE LEYNA

Hay que decir que hay una niña de trenzas rubias recorriendo un pueblo de tierra enferma. A veces se queda sentada en el suelo mirando cómo pasa la vida sin su padre, que dejó a su madre embarazada y se marchó. A veces tira piedrecitas al pozo dónde se arrojó su madre cuando se le acabaron las ilusiones. La niña despierta el agua dormida del fondo, y en ese murmullo reconoce la voz suave que la acunaba con una canción de pájaros y trinos.

Hay que decir que la niña crece al lado de su abuela. Esta sabe reconocer el olor de las tormentas y de la nieve. La abuela sabe confinarse en silencios y callar cuando escaldan su lengua mil verdades. La abuela vive como si tuviera dentro un torrente que no puede verter, no debe abrir un cauce para desatar la rebelión en gritos y llantos. Tiene que edificar cada día sus propias ruinas, y mirar en secreto hacia los tristes restos del pasado. Y el dolor trepa a los ojos, galopa por su corazón como un caballo negro que no se detiene.

Hay que decir que la niña corretea por los campos de cebada, y se llena de uvas el bolsillo cuando vuelve de la escuela. Y al caer la tarde, mientras el fuego prende la lumbre, dibuja en el cuaderno su vida, la borra y la vuelve a pintar. Ninguna palabra de las que ya sabe refleja ese grito de amargura que le nace dentro, no conoce todavía ninguna palabra que encierre en su concepto el escenario oscuro del silencio y la miseria. Dibuja muñecos torcidos con la voz encarcelada, y escucha el rumor de la hoguera en mitad del invierno.

Hay que decir que la niña crece y la abuela muere. La muchacha no quiere seguir en el pueblo donde se ahoga lentamente. Allí todo es niebla cerrada, el carbón de las noches se le mete en su juventud recién nacida. Allí la vida sigue su andadura tejida de pobreza y desamparo.

Frau Gerda Von Stein, la duquesa que viene a pasar los veranos a su casa de campo le pide que se vaya con ella a trabajar a Berlín. Y así llega Leyna a otro tiempo, a otro lugar fuera de las callejas empedradas y viejas del pueblo. Conoce a Johann Missgebildet, un canalla que la enamora y la engaña. Consigue sacarla de casa de la duquesa para llevarla a un apartamento donde le hace mil promesas que jamás llegará a cumplir.

Hay que decir que Leyna, después de pasar días encerradas, sin que él aparezca, decide investigar. Consigue averiguar preguntando hábilmente a los empresarios con los que se relaciona, y algunos conocidos le cuentan que Johann está prendado de una señorita de alta alcurnia con quien mantiene relaciones con vistas al matrimonio.

Hay que decir que Leyna siente su destino desplazado, se abandona a su propio silencio, a sus propias lágrimas. Las horas empiezan a pasar lentas, sordas, alimentándose de la hierba amarga que le crece en la sangre. Tiene que dejar el apartamento, y comienza a deambular por Berlín sin rumbo fijo, sabiendo que no significa ya nada para nadie, que es tan sólo una cualquiera que se ha dejado seducir por el primer don Juan que ha aparecido. Leyna libra sola su propia guerra.

En la avenida Kurfürstendamm se encuentra a Elisa, una muchacha que trabajaba con ella en casa de Frau Gerda. Le da la dirección de un edificio en una zona periférica de la ciudad. Allí vive su prima Viveka que podrá acogerla mientras encuentra un sitio para trabajar. El edificio es un amasijo de viviendas minúsculas con las paredes desconchadas y el mazarí del suelo carcomido. Los moradores se hacinan en los pequeños espacios, algunos se asoman al balcón para respirar el aire del patio. Pero la brisa expele olores infectos, a cloaca, a col hervida, a humo de carbón, a orines de gato.

Hay que decir que la situación de Leyna es deplorable, es la triste situación de toda mujer abandonada que no cuenta para hacer frente a la crudeza con más caudal que el de su cuerpo ni con otro tesoro más que el de su juventud. Viveka lo sabe en cuanto la ve. Esta se prostituye en las calles para darle de comer a sus tres hijos. De cuerpo desgarbado, pelo de estopa y dientes cariados nunca será aceptada en la corte de una madame. Leyna, en cambio, puede sacarle partido a su belleza: rubia, pechos turgentes, piernas largas, ojos grandes, labios carnosos. Que sí, Leyna, que la Nagetier te recluta en cuanto te vea, eres muy guapa, y muy joven, sus clientes son gente de postín. Ha estallado la guerra, y al Küsse van todos los militares de alto rango de la Wehrmacht, esos ricachones te sacan de pobre, Leyna, que si les gustas te dejan cincuenta marcos entre las tetas sin que la Nagetier se entere. Todo Berlín sabe que has sido la querida de Johann Missgebildet, ninguna señora te va a emplear en su casa. Ningún hombre por muy miserable que sea te querrá ya para esposa, así que déjate de mojigaterías y vamos a hablar con Frau Zelinda. Que tú tienes el poder entre las piernas, que en menos que canta un gallo te sacas tus cuartos, se termina la guerra y comienzas una nueva vida fuera de Alemania.

Leyna se decide finalmente a visitar a Frau Zelinda Nagetier. La dueña del burdel la recibe en un cuartito, y le pide que se quite el vestido. Al ver su cuerpo desnudo es explícita y prescinde de rodeos y eufemismos. Le dará dinero para que se compre lencería, cosméticos, vestidos elegantes, y unos zapatos de tacón. Tiene que estar a las siete de la tarde en el local, la jornada acaba sobre la una de la madrugada. En caso de alguna fiesta o solicitud especial de los clientes debe permanecer allí hasta la madrugada e incluso toda la noche. Negocian el sueldo, y a la semana siguiente Leyna comienza a trabajar. Con el dinero que gana ayuda a los hijos de Viveka, y da de comer a otros niños pobres del edificio. Allí es querida y respetada, todas las madres a las que ayuda son ahora su única familia.

ESTÁN EN LA HABITACIÓN

Cuando acaba de contar su historia, Roth Bösewitch la abraza como si quisiera cubrir toda su tristeza. No estaba equivocado, Leyna sólo sabe vivir a oscuras, culpándose. Su piel es una música que nadie se ha detenido a escuchar, su nombre no es un nombre cualquiera por mucho que los hombres quieran hacer de él una breve memoria de tránsito. —¿No crees que hay algo más que esto, Leyna? le pregunta. Ella contesta indefectiblemente: —No, Roth, no soy nadie, yo me hice un daño hace mucho tiempo que ahora estoy pagando. Siempre seré la golfa, la hermosa ramera con la que se sacian los señores más acaudalados de Berlín. Baja la cabeza y se queda pensativa. El joven la besa y ella se deja besar. Siente sus labios tibios posárseles en la frente, los siente cosquillear por el cuello y resbalar por la garganta, los siente en su boca bebiéndose la hiel de todos los suspiros. Leyna se pone la bata y se acerca al balcón. La calle está iluminada tenuemente con la luz de los faroles. La lluvia golpea con fuerza los cristales. Coge la pluma que está sobre la mesa, y la acaricia despacio. —Si me pusiera a escribir, tendría muchas cosas que contar le dice a Roth que sigue contemplándola desde la cama. Él le replica: —¿Y por qué no lo haces? Te sentirás bien plasmando por escrito lo que sientes. Te regalo la pluma.

Ella se niega entre incrédula y halagada: —No creo que supiera hacerlo. Es algo sencillamente inasequible para alguien como yo. Sería una infamia que una puta se pusiera a escribir. De pequeña soñaba con ser pianista. Todos los veranos me apostaba bajo la ventana del salón de Frau Gerda, en su casa grande del pueblo, y la oía tocar el piano durante horas y horas. Cuando me trajo a servir a Berlín la veía ensayando antes de las actuaciones, e imaginaba por un instante que yo también era pianista y recorría el mundo tocando en los mejores teatros. Tú puedes escribir, es un capricho que puedes permitirte, eres el hijo del comandante Alphonse Bösewitch, llevarás una vida fácil, tendrás todo lo que quieras, no faltará el buen manjar en tu mesa, ni hará estragos la penuria en tu casa. El mundo está a tus pies.

Roth se levanta de la cama, se sienta a su lado en el diván y le dice: —No todo es lo que parece. Ser el hijo de un comandante de la SS no me hace ser feliz, no me siento orgulloso de mis apellidos, no me gusta ese orden y pulcritud que quieren a toda costa imponer. Yo también tengo una historia, Leyna.

LA HISTORIA DE ROTH

Roth mostró desde que era niño una inteligencia extraordinaria. A los tres años ya había aprendido a leer y escribir, su madre lo había enseñado, y a los once había leído toda la biblioteca de su abuelo, compuesta por más de mil ejemplares. Era de carácter melancólico, pero procuraba siempre mostrarse vigoroso y alegre. Con ello pretendía, quizás de modo inconsciente, que no se juzgara como debilidad lo que él consideraba una virtud que los demás nunca apreciarían. Se convirtió en un joven templado de espíritu y con un alto concepto de la vida. Había empezado a estudiar Medicina, pero seguía siendo un lector empedernido. Su padre quería que siguiera, como él, la carrera militar, pero desde pequeño mostró su negativa a esa decisión, mostrándose siempre inflexible. No sentía el entusiasmo de todos aquellos que se preparaban para la guerra. Era de los poquísimos muchachos de su clase que concebían la idea de no estar de acuerdo con las ideas de Hitler. Poseía algo de ese hermetismo propio de los temperamentos fuertes, lo que lo hacía a veces impenetrable y silencioso. Aquel carácter había sido moldeado por todos los libros que había leído, había sabido sacar buen rendimiento de la filosofía griega por la que sentía una inclinación especial al igual que por la poesía, a la que dedicaba su más fervorosa admiración.

Pasaba los veranos en la casa solariega que tenían sus abuelos paternos en el pueblo. Allí conoció a Herman, un niño de su misma edad, hijo de los caseros de la hacienda. Su padre era el encargado de mantener la finca, su madre y su hermana se ocupaban de las faenas de la casa de los señores. Solían salir los dos juntos, para ver desde la colina el pueblo donde sobresalía el torreón de la iglesia. A los dos les gustaba mirar el río desde el puente, con sus aguas claras deslizándose entre los juncos. Rondaban las faldas del monte, amaban a los perros vagabundos, y coleccionaban piedras limadas por el río. Roth y Herman se volvían inseparables todos los veranos. Los demás eran como los personajes de una película en blanco y negro que repetían día a día las mismas escenas, con los mismos planos y las mismas voces. Ellos habían fabricado un mundo rebosante de colores, de animales, de ocasos y amaneceres. Herman le contaba todo lo que había aprendido de Karl, que tenía una ganadería de vacas. Así mismo le había enseñado para qué servían las plantas, árboles y hierbas de los montes: acacia blanca para el trastorno de la vesícula, sésamo para el cansancio, fresno para el reúma… Buscaban nidos y solo con ver los huevos o los cañones de los polluelos sabía ya Herman de qué clase eran.

Cuando empezó la guerra, Hermann tuvo que alistarse al ejército, y cayó a los pocos meses. La muerte de su gran amigo terminó de convencerlo de que aquel imperio que Hitler, su padre y todos los nazis se habían propuesto levantar, no era más que un lugar para hombres sin escrúpulos, sin decoro y sin conciencia. Roth Bösewitch tampoco era feliz. El tiempo iba pasando sin que nadie recogiera esas voces sin respuestas que se ahogaban en los derrotados, en Hermann, en él mismo.

ESTÁN EN LA HABITACIÓN

—No estoy contento, Leyna, no me gusta el mundo que han construido mi padre y los que son como mi padre, donde todo está medido, pesado, calculado. Cuando acabe la guerra me iré a terminar la carrera de Medicina a otro país, huiré de todo esto. No me casaré con ninguna de esas arias con título, no voy a permitir que mis hijos crezcan en un país como este. ¡Pobre Leyna! ¡Si supieras cómo te entiendo! Yo no he pasado nunca hambre de pan, pero si hambre de conciencia, hambre de destruir este maldito sin sentido de los días.

Leyna le acaricia los cabellos rubios, agradecida de que se haya sincerado con ella. Se vuelven a abrazar escuchando como cae la lluvia, una lluvia lenta que va carcomiendo las últimas horas de la noche. El joven se arrodilla ante la muchacha y deja caer la cabeza sobre su regazo.

—¿Por qué son así las cosas, Roth? ¿No existe algo mejor? ¿Qué hay más ridículo y triste que ser una simulación de ti mismo?

LLEGARÁ EL AMANECER

Roth Bösewitch volverá a casa donde su padre lo recibirá con una gran sonrisa. El comandante se sentirá satisfecho porque su hijo ya ha conocido la gracia de un cuerpo femenino. Le dirá que puede volver al burdel de Frau Zelinda siempre que quiera, que los hombres necesitan desahogarse con las furcias para ser más hombres. Le explicará, en tono casi confidencial, que deberá continuar las visitas incluso después de casado, porque hay cosas que sólo se les puede pedir a las putas, nunca a las esposas. Roth volverá a sentir crecer en su pecho el sentimiento de asco hacia su progenitor, y sin decirle nada se retirará a su habitación. Se recostará en la cama y pensará en Leyna, en su piel cálida, en su perfume de violetas, en su voz herida. Volverá a imaginar su angustia desoladora, lo estéril de una existencia cuyo único objetivo es sobrevivir. Sacará el cuaderno y le escribirá:

Ya sé de qué modo cae sobre ti la materia tristísima de esos días en los que ni siquiera tienes nombre. Ya sé que volverás a vivir en la hermosura de tu cuerpo la misma saliva, el mismo sudor, el mismo semen. Porque un hombre que no te escucha, que no te entiende, es siempre el mismo hombre; aunque se apellide distinto, es siempre la misma fiera del bestiario de los burdeles. Y en una habitación festoneada de rosas negras, oirás siempre la misma canción funeral de la lluvia, esa tonada que acompaña a los sueños que se mueren.

Leyna saldrá del burdel entonando sobre los charcos la canción de sus tacones. Comprará leche, pan tierno y mantequilla. La propina generosa de Roth Bösewitch hará que los niños de Viveka, de Wanda y Heidi puedan tener un buen desayuno. Le satisface ayudar a aquella pobre gente, conoce demasiado bien la miseria y se siente orgullosa de que al menos su debacle sea el pequeño triunfo de otros desgraciados. Llegará a su casa, una buhardilla que ya ha alquilado para vivir sola. Se quitará el maquillaje, se echará en la cama y pensará en todo lo que le ha dicho el hijo del comandante. Nunca ha estado con alguien que la trate con tanta sutileza, que se moleste en escucharla, que la haga depositaria de las vivencias más íntimas. Se dormirá pensando en unos ojos azules que la miran con ternura, en unos brazos que la cobijan y la protegen.

ESTÁN EN LA HABITACIÓN

Roth Bösewitch lleva cuatro meses yendo al local de Zelinda Nagetier. Siempre se encuentra con Leyna. La ha convertido en su confidente, y ambos han hecho de la habitación del burdel un cuarto de tertulias clandestino. Él le proporciona libros que ella lee durante la semana, y que comentan cuando están juntos. Ambos aguardan con impaciencia que llegue el sábado. Leyna ha demostrado ser una magnífica e inteligente interlocutora, capaz de desentrañar cada párrafo o cada poema que lee. Su visita semanal le hace recobrar el ánimo. El primero de diciembre se encuentran. Roth la besa y le declara que está enamorado: —Desde que te conocí no he dejado ni un minuto de pensarte, eres una criatura deliciosa, una mujer excepcional. Vales mucho, estoy orgulloso de ti y te quiero. ¿No crees en el amor desinteresado? ¿Tú no comprendes que por amor una persona renuncie a todo? Yo quiero estar contigo ahora y siempre, Leyna. No me voy a dejar someter por mi familia, haré cuanto esté en mi mano para que estemos juntos. Algún día terminará esta maldita guerra y amanecerás a mi lado, no te irás nunca. Te espero, Leyna. No puedo marcharme de Alemania sin ti, no puedo cometer el pecado de privarme de ti.

Ella lo mira con tristeza: —Eso es una locura, Roth, yo no soy más que una puta, no lo olvides. Confundes el amor con el cariño, soy la mujer que durante unas horas te hace la vida más agradable y feliz, pero recuerda que todo es a cambio de dinero. Tú mereces estar con una chica buena, de tu clase, no con alguien como yo. Nadie puede hacerse una idea del horror que se siente cuando una se ha puesto una nueva carne y no puede hacer nada sin traicionarse, sin mostrar su propia inmundicia. Un día te despiertas convertida en bestia. Y así empiezas a rumiar tu desilusión y fracaso cotidianos como otra Eva, expulsada del paraíso. Cuando estoy contigo soy feliz. Pero fuera de aquí cada uno vuelve a su estado primitivo, y todo vuelve a ser como antes. Mentiría si te dijera que no te quiero, pero ya sé que quererte es algo que no me está permitido y lo acepto. Tienes que encontrar a una mujer que sea digna de ti, Roth.

EL TIEMPO IRÁ PASANDO

El viento del invierno se internará en Berlín con quejumbrosas ráfagas. Vendrán tempestades, y el aguacero de dientes finos que irá cayendo sobre la ventana de la buhardilla de Leyna donde los dos empezarán a encontrarse. Los jóvenes se dirán millones de cosas insospechadas, se hablarán con el lenguaje de los besos, con las caricias que descubren los rincones más íntimos, fundidos en una sola cosa uniforme, compacta, indeclinable. La guerra continúa.

Roth insiste: —No quiero que vuelvas al Küsse, Leyna, yo puedo pagártelo todo. Mi tío Ferdinand, que fue médico, me ha hecho depositario de su fortuna para que estudie la carrera. Me faltan tres años para acabar, pero puedo hacerlo en un país extranjero cuando termine la guerra, ya lo sabes. Quiero irme contigo de Alemania, tenemos que empezar una vida nueva lo más lejos posible de aquí.

Leyna apura de un sorbo la taza de café y le habla: —Yo no conozco cuál es tu fortuna ni de qué medios dispones, tampoco te he pedido nada. Las propinas que me dejas son por tu voluntad, pero gracias a ese dinero los niños del edificio pueden comer caliente todos los días. Eres un hombre extraodinario, el más sincero, el más leal, y seré para ti siempre una buena amiga. Pero aunque nos queramos no podemos estar juntos, Roth. Piénsalo en frío y te darás cuenta, por muy bien que te encuentres conmigo, todo esto no es más que algo transitorio. Sólo se puede vivir de dos maneras: honesta o deshonestamente, y yo estoy en el segundo bando. Tú no has nacido para acabar con una mujer como yo. No tiene el amor aquí nada que hacer. Estás ilusionado conmigo, pero en cuanto pase un poco más de tiempo te darás cuenta de que esto no es amor, es puro capricho. Y cuando llegue ese momento yo me resignaré a no verte más, a no saber nunca más de ti, así son las cosas, cariño.

EL BURDEL KÜSSE SE ABRE A LA NOCHE

Leyna llegará, y volverá a encontrarse con la música, las copas y las miradas crueles de Frau Zelinda, que le ordenará que entre en su gabinete. Se sentará frente a la madame que no dejará de beber coñac.

—Verás, Leyna, tengo noticias de que te estás viendo con Roth Bösewitch fuera de aquí, y eso sabes que lo tengo prohibido.

—No es cierto, Frau Zelinda. Esos son habladurías.

—Yo soy ya perro viejo, a mí no me engañas. Ese muchacho se ha encoñado contigo y tú no le estás parando los pies. ¿Qué te crees, desgraciada, que se va a ir contigo? ¿Va a abandonar su familia y su posición para postrarse a los pies de una puta? No me seas ingenua, Leyna, no se hizo la miel para la boca del asno.

—Está bien, no voy a mentirle, nos hemos encontrado fuera, pero le he dejado bien claro que yo no soy más que un entretenimiento pasajero. Le prometo a usted que nunca más volveré a verlo. Creo que sería bueno que cuando Roth vuelva, le asigne usted a Samira. Yo soy la primera que quiero parar esto, créame, Frau Zelinda.

—¿Sabes a lo que te expones con tus encuentros? Como se entere el comandante vas a un campo de concentración. Tú misma has visto cómo se han llevado ya a muchas de las que ejercen en la calle, incluso una vez

46

estuvieron a punto de cazar a la pícara de tu amiga Viveka, suerte que es más lista que los ratones y se las ve venir.

—No habrá más encuentros con el hijo del comandante, ni aquí ni fuera. Está decidido, Frau Zelinda.

LA CASA DEL COMANDANTE ALPHONSE BÖSEWITCH

Se yergue majestuosa en el barrio. Caerá la noche como un precipicio, y en un reino que se tornará gris se encontrarán padre e hijo.

—Ven aquí, Roth, entra al despacho. Se rumorea en algunos círculos de Berlín que te estás viendo fuera del burdel con una señorita de Zelinda Nagetier. Sabes que un muchacho de tu posición no debe hacer cosas así, lo que ocurre en el burdel en el burdel se queda. Eso tienes que tenerlo claro.

—No sé de qué me habla, padre. Visito de vez en cuando el local de Frau Zelinda. No me veo con ninguna chica fuera, no sé de dónde salen esos malditos chismes.

—Mira, Roth, tú eres muy joven y crees que la vida es una de esas historietas que lees en los libros. Pero la vida es algo muy diferente a todo eso. Las rameras saben aprovechar el punto débil de los hombres, y cuando además la ramera es una villana con astucia es capaz de sacarte hasta el hígado. ¡Tienes que abrir los ojos! La puta de Leyna lo único que quiere es aprovecharse de ti. Todo el mundo sabe que te ves con ella, así que deja de mentir.

Roth dará un golpe sobre la mesa y elevando la voz gritará:

—Sí, estoy viendo a Leyna porque la quiero. ¿No le cabe en la cabeza que a lo mejor una persona que usted considera de la más baja ralea, tiene mejor condición que un comandante nazi? Ella no ha asesinado a nadie, ella no humilla a nadie. Leyna me ha enseñado lo que es la vida, no usted, que no es más que un miserable, igual que el Führer, igual que toda esta maldita guerra.

En los ojos del comandante brotarán las raíces de la cólera, la boca belfona temblará, escupirá palabras calientes como balas:

—¡Esto no va a quedar así! ¡Eres un malnacido! Desde ahora mismo tienes totalmente prohibido acercarte al burdel de Zelinda Nagetier. ¡No vas a volver a ver a esa furcia! ¡Te juro por Dios qué nunca más volverás a verla!

RAVENSBRÜCK, EL PUENTE DE LOS CUERVOS

Leyna será detenida en el burdel y llevada al campo de concentración del Puente de los Cuervos. La encerrarán en el bunker donde será interrogada y torturada. Le raparán la cabeza y el pubis, y será golpeada por ser una ramera de la peor calaña, que ha arrastrado a un joven noble a la perdición.

Será destinada al block treinta dos, el Noche y Niebla, donde internan a todas las mujeres que han de desaparecer forzosamente.

Ravensbrück es un campo que acoge a más mujeres de las que puede albergar. Leyna tendrá que vivir en el block hacinada con sus compañeras, asistiendo día a día a esa salmodia triste y agresiva del encierro. Verá a mujeres flacas de caras exangües y melenas estropajosas, a viejas con los vientres hinchados y los labios rellenos de costras, a muchachas con el cuerpo salpicado de granos y bultos. El agua escasea. La sarna hace estragos entre las prisioneras.

Las horas se irán sucediendo en la zozobra, Leyna se irá convenciendo de que ya toda promesa es una inutilidad. Renunciar, prohibirse, impedirse, negarse: esa será su vida. Su sentencia de muerte ya está firmada, irá a la cámara de gas y nada de eso le importará a Roth Bösewitch del que se ha enamorado perdidamente. Se toca la cabeza rapada, y procura no pensar en esas horas felices que vivió con el hijo del comandante. Ahora reconoce que la suya ha sido la historia de un pecado del que nunca se podrá redimir. A veces llegó a creer que alguna vez todo sería tan hermoso como lo describía el muchacho en los versos que le escribía. Leyna cree que nunca fue sincero, que fabricó un personaje que buscaba el heroísmo en la flaqueza de una repudiada…

ESTÁ EN SU HABITACIÓN

Roth recordará una y otra vez la voz aguardentosa de Zelinda Nagetier diciéndole que Leyna fue detenida. No tardará en enterarse de que ya está en Ravensbrück, y sabrá que ha sido su padre el dedo acusador. El muchacho no estará dispuesto a que las cosas se queden así, y empezará a urdir un plan para liberarla. No dormirá casi, vivirá en pleno vértigo, realizará un esfuerzo inhumano para encontrar una solución.

En breve conseguirá ponerse en contacto con una de las funcionarias administrativas que trabajan en el campo: Gretchen Weg. Es hermana de uno de sus compañeros de facultad. Bastará soltarle unos billetes para que le dé la información que necesita. Se encontrará con ella, y ésta le explicará el funcionamiento del campo, asimismo le expone que las detenidas, ingresadas en el block «Noche y Niebla» son siempre ejecutadas.

A través de Gretchen le hará llegar una nota a la muchacha donde le dirá que no debe tener miedo, y que debe seguir escrupulosamente las instrucciones. Roth utilizará para la fuga las entradas semanales de provisiones en el campo. Contactará con Otto Hase, el soldado que conduce la camioneta con los víveres. Por una buena suma de dinero éste le mostrará el vehículo. Podrá ocultarse en la parte trasera, bajo unos sacos. Nadie hace revisiones cuando se marcha. El día elegido será el sábado, muchos de los oficiales no estarán en la ciudad, y las SS del campo se divertirán en la colonia militar del campo.

Gretchen Weg sobornará con el dinero de Bösewitch a las *kapos* de cocina, y esconderá a Leyna en una de las despensas hasta que acabe la descarga. La funcionaria conducirá a Leyna a la camioneta, y Otto la tapará bien con los sacos. En menos de dos horas entrará en el hangar donde espera el hijo del comandante. Leyna se abrazará llorando a Roth. Él recibirá su cuerpo maltratado y enflaquecido, mirará el lago oscuro que se esconde en el fondo de sus ojos, y le susurrará al oído: —Ya estás conmigo, Leyna, nada ni nadie nos volverá a separar. No tienes nada que temer. Nos vamos. La guerra está perdida. Mañana mismo partimos para Argentina. Allí empezaremos una nueva vida.

UN AVIÓN PARTE RUMBO A AMÉRICA

Roth Bösewitcht usará sus contactos para poder embarcar. Alemania sabe que la guerra está perdida, y muchos militares están huyendo. Aprovechará uno de estos vuelos, y escapará. Llegarán a Buenos Aires, poco a poco se irán aclimatando a la ciudad, aprendiendo el idioma,

alejándose de la tormenta oscura del pasado. Los jóvenes
pasearán de la mano por las calles de la ciudad sintiéndose
libres por vez primera. Roth acabará la carrera de Medicina y comenzará a ejercer en un hospital bonaerense. Leyna
estudiará en el conservatorio y llegará a ser pianista. Allí
se casarán, allí nacerán sus hijos. Juntos crearán un sitio
sin fronteras donde nadie sobrará, donde nada estorbará.

La suya será la bella historia de un pecado que seguirá
llenando los versos de Roth Bösewitch:

Es hermoso saber
que podemos habitar
en los ojos de un niño
que juega con el viento,
en un mundo joven
que inventa paraísos.
Los versos que escribo
abarcan un tiempo
donde nada comienza
ni termina nunca.
Allí nos encontramos, amor,
mientras suena la música
encendida de un piano,
una música que nos salva,
una música que no acaba.

CANCIÓN PARA UNA PRINCESA

Yo sé que existo
porque tú me imaginas.
Ángel González

Todavía cae aquella misma nieve.

Todavía escucha ese rumor que arrasaba otra vida, otro sueño, otra historia. Han pasado setenta años. Ruth recuerda su paso por el campo cuando era sólo una niña. Inclina el alma sobre el cuaderno, escribe con ese padecimiento que tienen las mujeres que se hunden en la vida para ordenar su tiempo, escribe con ese deseo de callar el silencio que se agolpa en los rincones y en los horizontes ciegos.

Llanto, odio, noche, canto, muerte vida... Y yo en mitad de todo. Levanto una nostalgia de existir en los nombres que tienen las cosas, que tienen la lástima y el insomnio de la memoria, que tienen las golondrinas cuando se marchan para siempre. Y tú, Elina, no acabaste la canción. Querida niña mía... Necesito contarte qué perfume tiene una rosa cuando no siente la fiebre de los días, cuando no vive enjaulada entre sueños derrumbados. ¿Cómo decirte que se abran las ventanas para que entre un viento nuevo? ¿Cómo te hago ver que el aire quieto se estanca y se enferma? Nunca te fuiste, Elina, yo te mantuve viva en la memoria...

Nevaba en el campo de Ravensbrück desde el amanecer. La nieve, como cada invierno, amortajaba las calles y los barracones. Las chimeneas del crematorio seguían escupiendo un humo pastoso que lo inundaba todo con su olor a herida vieja y espanto. Los niños, a partir de los siete años, debían trabajar igual que sus madres. Una gran mayoría de aquella turba infantil conservaba todavía la fe en el futuro. Sabían encumbrar la imaginación por encima de toda aquella podredumbre, sabían cambiar con una simple canción la ruin y mezquina tarea de vivir otro día más en el campo.

—Canta conmigo, Elina, canta nuestra canción, no te duermas, venga yo empiezo:

Tiene negros los ojos,
azabache tiene el pelo,
la princesa más bonita
de este galante reino.

La niña, tendida en el camastro, abrió un momento los ojos y sonrió a Ruth. Trató de complacerla y empezó a cantar fatigada:

Tiene negros los ojos…

Han pasado muchos años, pero la memoria no tiene tiempo, ignora su duración, teme su fragilidad y Ruth lo sabe. Por eso escribe.

Caminemos juntas otra vez, como cuando estábamos en Varsovia e íbamos a la escuela. Sólo tú completas mis paisajes íntimos, sigo acariciando tus gestos, aún tengo entre mis manos las tuyas antes de que un destino las for-zara a moldearse sobre las sombras. Caminemos juntas otra vez a la escuela, vamos a darle una galleta a la perra

—Canta, Elina, tienes que cantar conmigo. No puedes dormirte, canta.

Ruth se acercó y le dio un beso en la frente. Su compañera soltó el último estertor y se sumió en una quietud lenta e insondable. Ruth seguía cantando, quería vencer las neblinas de aquel sueño que asaltaba a su amiga sin remedio. Pero Elina yacía en la litera con la cabeza ladeada y la boca entreabierta. En sus pupilas había un abismo inmenso. Sus ojos contemplaban ya algo opaco, algo sin ruido y sin colores. En sus labios había quedado prendida una canción infantil que no volvería a entonar. Estaba allí pálida y esquelética, enfundada en su vestido de rayas, entre el vaho verdusco y descompuesto de la barraca.

Cuando Thereza volvió con un vaso de leche que había cambiado a las pintoras germanas por un jersey, encontró a Ruth abrazada al cuerpo inerte de su hija. Se acercó con premura, levantó sus bracitos, la zarandeó sin cesar de pronunciar su nombre, sin dejar de llorar. Las otras deportadas se arrimaron a ella para calmarla. Si las guardianas oían algún alboroto en el barracón, las obligarían a formar en la plaza y las mantendrían allí, con las niñas, durante varias horas. Thereza, aunque horrorizada por lo que acababa de suceder, calló y se abandonó a una piedad absurda y a un silencio incomprensibles.

54

Ahora te entiendo bien, Thereza. Yo también soy madre, y comprendo aquella mudez que fingía una serenidad que estabas lejos de sentir. Era el tuyo un silencio negro que tocaba la orilla del espanto, un silencio sostenido por el cuerpo de Elina, en el que ya habitaba tan sólo la noche. Tú creaste ese dolor hondo que era solamente tuyo, lo creaste vasto, lo creaste como un océano inmenso donde pudieras ahogarte. Thereza te tengo todavía tan cerca que puedo oír tu respiración, tu derrumbe y el sonido leve de tus lágrimas al caer.

Thereza seguía mirando a Elina con el semblante descompuesto, afligida, crispadas sus facciones en un desesperado esfuerzo para sobreponerse. Y con las lágrimas, que ahora iban cayéndole por dentro, le pedía perdón por no haberla podido salvar, le confesaba cuánto la necesitaba. Ya no sentía fuerzas para reanudar la batalla y arrancarle otro día más a la muerte. Le pasó las manos por los cabellos a la niña, le cerró los ojos, y sentándola en su regazo la abrazó.

Era la primera vez que Ruth veía morir a una niña. Era Elina, su compañera de juegos, la que había partido. Sentía ahora más que nunca el sufrimiento de las separaciones que ocurren para siempre, la tristeza de esas pérdidas que se llevan con ellas parte de otro corazón. La pequeña pensó en todas aquellas mañanas que habían pasado retirando la nieve que se acumulaba en la puerta de los barracones. La *kapo* les daba las palas y les lanzaba una mirada hiriente, llena de desprecio gritando: «A trabajar, holgazanas, sois niñas malas, sois escoria, sois lo peor». Empezaba a contar para que siguieran el ritmo, soltando un latigazo a aquella que se detenía.

Cuando acababan el trabajo y volvían al barracón jugaban con las muñecas de trapo que les habían hecho con retazos Margot y Anita, que trabajaban en los talleres de confección. Elina le preguntó una vez a su compañera: «¿Estamos encerradas aquí porque no tenemos el pelo rubio ni los ojos azules, Ruth? Algunas de las niñas que están en el barracón dicen que es por eso». Ella le contestó enérgicamente: «No es por eso. Es porque somos judías. Pero pronto nos iremos. Estamos aquí de paso, me lo ha dicho mi madre. A mí me gusta tener el pelo negro y los ojos oscuros igual que tú. Yo no quiero ser rubia, ni tener los ojos como la gata de la señora Kistel. Casi todas las guardianas son rubias y son muy feas, son tremendamente feas, son las mujeres más feas que he visto en mi vida. ¿Te gustaría convertirte en alguien así, Elina, en una niña con el pelo como el estropajo y los ojos como una sucia gata? Además las princesa de la canción, que nos enseñó la maestra en el colegio, era morena y tenía los ojos negros. Las princesas más hermosas son como nosotras». Elina rio durante un rato, y le confesó a su amiga que no tenía el más mínimo deseo de ser como las guardianas.

Ser judías era nuestra condena, Elina. Pero nosotras supimos derrotar ese temblor que pesaba como una losa, conseguimos ensanchar esa vida apretada que nos obligaban cada día a construir. Nuestras muñecas nos hacían olvidar el zumbido del látigo, las voces y los insultos de las guardianas, el peso helado de la nieve. La desmemoria es una muerte en pequeños trozos y yo no acepto el olvido. Te siento en todas partes: en el dulzor de tus palabras, en un chorro de risa, en el vuelo de los pájaros que te gustaba imitar estirando los brazos y girando en círculo.

Las dos niñas construyeron sin esfuerzo su particular país de fantasía. Los juegos y canciones mataban los minutos grises, agarrando la promesa firme de la vida. El primero de octubre, Elina haciendo hablar a la muñeca con su propia vocecilla, le preguntó a su amiga: «¿Por qué sois niñas malas?» Ruth la miró y poniendo también voz de muñequita protestó: «No somos malas. Somos las niñas más buenas del mundo. Algún día todo volverá a ser como antes». Y las dos muñecas comenzaron a cantar al unísono:

Tiene negros los ojos,
azabache tiene el pelo,
la princesa más bonita
de este galante reino.

Ruth recordaba aquel momento, mientras la miraba inerte en los brazos de su madre. Sus cabellos eran algas retorciéndose dentro del espejo, su cara un temblor quieto que se iba volviendo del color del nácar. Qué manera tan extraña tenía Elina de decirle a la vida que ya no estaba, que todo el cielo le sobraba para volar, que ya no le asustaban los golpes de las guardianas, que ya nada importaba. Ruth volvió a acercarse y empezó a hablarle al oído, como tantas otras veces. No aceptaba aquel estado de quietud, aquellas miradas huecas, aquella escarcha lenta que caía sobre su rostro entumeciéndolo. Sin ella se sentía en mitad de ninguna parte, abandonada, terriblemente sola. Morir era partir a un sueño desconocido, morir era repartirse entre el recuerdo de los que quedaban vivos, morir era vagar por un camino que no tenía regreso. Morir era dejar de imaginar, dejar de hablar, dejar de cantar. Agarró sus manitas frías y las besó.

Eso era la muerte, Elina, eso que tú portabas como un lamento que duraría minutos, horas, siglos. Ahora, que soy vieja, te recuerdo para entender de nuevo por qué la eternidad cabe en un solo nombre: tu nombre. Te presiento igual que la piel suave de una niña dormida, igual que un sueño se presiente. Quiero saberte de nuevo en la memoria de mi territorio fiel, en el suelo donde nadie es extranjero de sí mismo, en el hábito de la dicha que tenía nuestra canción.

Una de las guardianas, enterada ya del fallecimiento de la niña, obligó a una muchacha francesa a sacar el cadáver fuera para que lo llevaran al crematorio.

—¿Por qué se mueren aquí los niños, mamá? —preguntó Ruth.

Su madre, le habló abrazándola, como si quisiera rodear toda su tristeza y toda su incertidumbre:

—En el campo hay muchas cosas que ocurren demasiado pronto, Ruth demasiado pronto. Vamos a despedir a Elina de la mejor manera, de la manera más bonita. Cantemos juntas.

Y las dos, abrazadas, cantaron la canción de la princesa:

Tiene negros los ojos,
azabache tiene el pelo,
la princesa más bonita

de este galante reino.
Ha volado un pajarito
a lo más alto del cielo,
y desde las nubes canta
que el sol nunca se hace viejo.

Y aunque llegue la noche
a las praderas del reino,
siempre habrá una princesita
que brilla entre los luceros.

Ruth suelta la pluma sobre la mesa.

Canturrea en voz baja la canción de la princesa.

Entra en la habitación Judith, su nieta de ocho años. Tiene la misma edad que Elina y ella cuando fueron internadas en el campo. La niña mira el rostro apagado de su abuela y le dice:

—Abuela, no quiero que estés triste. Te voy a cantar yo la canción de la princesa.

Ruth la mira y es como si viera de nuevo a Elina, como si sólo quedara aquel tiempo firme de promesas y esperanzas, antes de que Varsovia fuera una ciudad destruida y la luz se pudriera en las paredes del gueto.

NOCHEBUENA EN EL BARRACÓN

¡Feliz, feliz Navidad, la que hace que nos acordemos de las ilusiones de nuestra infancia, le recuerde al abuelo las alegrías de su juventud, ¡y le transporte al viajero a su chimenea y a su dulce hogar!

CHARLES DICKENS

Llegó diciembre. No paraba de nevar en Ravensbrück. Las deportadas debían seguir trabajando, nada podía detenerse. A mediados de mes, un grupo de mujeres españolas y francesas decidieron celebrar la Nochebuena. Debatían sobre lo que debían hacer para tener cena. No resultaba fácil organizar una pequeña fiesta en el campo, si las guardianas se enteraban todas serían castigadas. Debían obrar con precaución, medir bien cada uno de los pasos que daban, calcular cada acto con exactitud, negociar con la *kapo* del barracón.

Todas tenían una misión encomendada, y procuraron cumplirla a rajatabla. Los preparativos mantenían entre ellas una alegría nueva, que no podía opacar la dureza del trabajo diario. En medio del seísmo cotidiano, las deportadas del barracón once hacían nacer una felicidad nueva.

El día de Nochebuena todo estaba preparado. Boni había conseguido botellines de cerveza, y Malena y Anita habían traído patatas, mermelada y salchichas de la cocina, donde trabajaban. Con dos botellines y unas salchichas lograron que la *kapo* que vigilaba hiciera la vista gorda. En una tabla rectangular colocaron la comida. Cortaron en rodajas las salchichas, y la dispusieron en forma de flor. El centro lo rellenaron con patatas cocidas que adornaron con mermelada. Michele, la parisina, dispuso en otra tabla unos rábanos y zanahorias sobre unas hojas de col que había logrado sustraer de la despensa. Y Margot abrió una cajita de lata, llena de galletas, que había robado del cargamento del tren que cada día llegaba al campo. Se repartieron las cervezas y cenaron. Todo estaba delicioso, un verdadero festín dentro de las penurias que soportaban.

Cuando acabaron, mientras degustaban los dulces, celebraron una fiesta. Comenzó Teresiña que hizo una maravillosa interpretación de la temible guardiana María Mandel, a la que ridiculizaba poniendo los ojos bizcos. Hizo el saludo militar protocolario llevándose una mano a la sien, y anunció con ironía que como supervisora de la SS y gran mujer que era les iba a hacer un regalo. Con una dicción un tanto torpe y empalagosa empezó a recitar:

¿Qué es lo que tengo en las tripas
que a mí tanto me atormenta?
¿Será que me hago mierda
cuando me tiemblan las piernas?

Sí, señoras, me he cagado
todo lo he puesto pringando,
y es que no soy divina
como vienen pregonando.

Soy una hija de Satán,
desde la noche hasta el alba,
y voy cubierta de mierda
hasta los filos del alma.

La escena desató la carcajada general. La interpretación había sido brillante, y el poema tenía ese punto de gracia que todas ellas necesitaban. Teresiña, risueña, miraba las caras de sus compañeras, muertas de risa, y ella reía a la par.

Después vino el turno de Malena. Se puso un vestido rojo, que su tía le había traído de la sastrería, y cantó igual que lo hacía en el teatro donde actuaba antes de estallar la guerra. El vestido había sido retocado con un alarde de exquisitez y de originalidad que dejó a todas maravilladas. Llevaba plumas plateadas en los hombros, y un gran volante de tul en la falda. Unos tacones de charol rojo ponían el remate al conjunto.

Gabrielle y Jacqueline bailaron la tonadilla de Navidad, típica de Cerdeña, que Pauline y Roxanne cantaron.

Carmen y Neus entraron en escena con unas castañuelas y un pandero que ellas mismas habían fabricado y comenzaron a entonar villancicos.

Tras la fiesta, comenzaron a charlar y recordaron las Navidades en casa, con sus familias. Hablaron de la pitanza en la hoguera, de la bota que corría de mano en mano, de los roscos de anís, de las fiestas con zambomba que animaban la Nochebuena.

Al escucharlas, la joven Valentina se sintió desfallecer. Ya no podía luchar contra las lágrimas que iban ganándole la boca y las mejillas. Levantó los ojos empañados y exclamó:

—¡No vamos a salir nunca de aquí!

María se acercó y la abrazó. Luego les habló a todas:

—Hay muchos que hablan por nosotros, desde nosotros, porque nos ven como seres que no merecemos ni el aire que respiramos. Tenemos que seguir juntas, apoyarnos. Aguantar, vivir, esa es nuestra victoria. No estás sola, Valentina, ni yo estoy sola, ninguna de nosotras lo está.

Conchita se levantó del jergón, y dando dos palmadas en el aire solicitó la atención de sus compañeras:

—Hoy no hay que ponerse triste. No valen las lamentaciones. ¿Has oído, Valentina? Escuchadme todas, porque esto que os voy a contar os va a impresionar. Mi padre, una Nochebuena, cuando yo tenía diez años, me regaló un hurón albino de los que se usan para cazar. Cuando acabó la cena, le dije que si también me iba a traer el conejo que yo quería. Él me miró desafiante y en voz alta exclamó: «¡Aquí bastante tenemos ya con el conejo de tu madre!» Soltó una carcajada que contagió a toda la familia. Yo me acerqué a mamá y le pregunté dónde estaba su conejo, y ella me susurró que en un lugar calentito. Cuando le pregunté por el color de su pelaje, mi madre contestó sonriendo a mandíbula batiente: «¡El conejo es negro!» La risa volvió a recorrer el salón. Mi hermana, de ocho años y yo, nos miramos sin entender nada.

Copito, así bauticé al hurón, anduvo a sus anchas por la casa y por el patio durante toda la Navidad. Perforó los bajos de un catre. Empezaron a desaparecer cosas: el jabón, el peine, el cucharón, la navaja… Pero el colmo de los colmos fue cuando desapareció el paquete de cigarrillos de mi padre. Nos llamó a mi hermana, y a mí, nos dijo que tenía un enorme dolor de cabeza, y que se iba a tumbar un rato. Quería, en cuanto despertara, que todo lo perdido estuviera encima de la mesa si no queríamos recibir unos azotes. Pensé que la niña había cogido todas las cosas para jugar, y ella creyó que era yo la culpable. Cuando empezamos a discutir vimos cómo Copito salía de debajo del catre mordiendo un cigarro. Miramos el agujero por donde el animal entraba, y descubrimos que en su refugio tenía más cosas que la tienda de ultramarinos de la señora Casta. Mi padre cuando conoció las fechorías de Copito, lo maldijo mil veces, y mi madre riendo le espetó: «Otro conejo en casa hubiera sido menos problemático que un hurón».

Las mujeres rieron sin parar tras escuchar a Conchita. La joven Valentina le dio las gracias por alegrar la velada con aquella anécdota. Fue ella misma la que pidió que cantaran otra vez y lo hicieron. Ahora también las francesas, sajonas e italianas del barracón participaban de la fiesta. Cada una buscó algo a lo que sacar música, y con los más variopintos objetos crearon una improvisada orquesta que rompió el silencio oscuro del campo, y animó con entusiasmo la primera Nochebuena de Ravensbrück.

PLUMAS DE ÁNGEL

Ninguno comprendíamos nada:
ni por qué nuestros dedos eran de tinta china
ni la tarde cerraba compases para al alba abrir libros.
RAFAEL ALBERTI

El ángel era alto, melancólico, pálido, como esos actores tristes de las películas mudas. Tenía la cara afilada y los labios gruesos. Había caído de costado, girándose y torciéndose en el aire frío de la noche. Extendió los brazos rígidos y delgados, y escondió las alas bajo el abrigo. Nevaba en Ravensbrück. No sabía por qué había sido desterrado a un campo de concentración. De repente se vio arrastrado por una multitud de mujeres que rompían filas y volvían a los barracones. Una impresión de irrealidad lo asaltó con fuerza. Sintió como si estuviera corriendo junto a todos ellas en sueños, o como si ellas mismas estuvieran soñando.

El ángel quería escapar de aquel mundo de tristeza y muros electrificados. Escuchó la cantinela de la metralla. Desde las torres vigías habían disparado a varias muchachas que habían intentado huir. Una mujer, menuda y enjuta, que debía frisar en la treintena, lo agarró por el brazo, y lo condujo hacia su barraca. Al entrar, el ángel contempló las paredes carcomidas y negras, las brechas del suelo, los cristales rotos de algunas ventanas. Lorette le dijo que no tenía nada que temer a su lado.

En la litera de abajo estaban sentadas sus tres hijas: Noelle, Marie y Lea de nueve, siete y cinco años. El ángel esbozó una leve sonrisa y les dio las gracias por su acogida. Lorette repartió entre todas el pan y la mantequilla. El recién llegado dio su parte a las niñas:

—Para vosotros, los ángeles estamos acostumbrados a comer poco.

Todas lo miraron con extrañeza, pero no hicieron ningún comentario. Neus, una deportada española, se acercó a las niñas y les dio un puñado de patatas cocidas, explicándole a la madre que era lo único que habían conseguido esa noche sustraer de la cocina.

Lorette se sentó al lado del ángel y dijo:

—¡Estoy harta de esta maldita guerra! Pronto París no será más que un montón de cenizas. Quizás mañana también todas nosotras seamos cadáveres sin nombre, despojos para el olvido. ¿Quién recordará a las prisioneras extranjeras de este campo? Yo estoy aquí con mis hijas por ser la esposa de un soldado del ejército de Francia que combate contra los alemanes. ¡Cuánta injusticia!

El ángel la miró con clemencia. Se escuchaba la nieve caer con una lentísima tristura, tamborileando sobre el techo. Se acomodaron para dormir. Marie y Lea se pusieron al lado del ángel. La mayor comenzó a tocarle la espalda para buscarle las alas, mientras Lea, cómplice en el asalto, sonreía. Marie palpó un suave y pequeño plumón, y le dijo a su hermana en voz baja:

—¡Toca, toca, las tiene aquí!

Enseguida se lo dijeron a Noelle, que bajó a la litera con sus hermanas. Las tres acariciaron las alas, que fueron poco a poco desplegándose. El ángel las animó a salir del barracón. Las tres lo siguieron sigilosas. Había dejado de nevar. El ángel cogió una pelota y se la lanzó a Marie. Las cuatro se enzarzaron en un divertido juego. Cuando el balón subía alto, el ángel volaba y lo cogía antes de que tocara el suelo. Los reflectores nunca dirigían la luz hacia ellos. Era como si nadie pudiera verlos. Reían sin parar, hacía mucho tiempo que no jugaban de aquella manera. Se oyó un estruendo en el barracón y sobrevino una ráfaga de disparos. El ángel, que había extendido sus alas sobre las niñas, había logrado que salieran ilesas.

Lorette buscó a sus hijas desesperada. Las literas del fondo, que formaban una pila de ocho, se habían desplomado, hiriendo a las mujeres y niños que dormían en las filas de abajo. El alboroto había hecho que los SS de las torres vigías dispararan. Cuando encontró a las niñas, fuera del barracón, besó las manos del ángel, agradeciéndole que las hubiese librado del accidente.

La pequeña Lea le contó que era realmente un ángel y que habían estado jugando con un balón. Lorette le sonrió, acariciándole los cabellos.

Atardecía cuando una joven sajona anunció que faltaban cinco días para el día de Navidad, e iban a organizar una fiesta para los niños, tenían el permiso de las SS. Todos estaban ilusionados. Las mujeres comenzaron a hacer juguetes con cualquier cosa que encontraban. Se habían organizado grupos para que a ningún niño le faltara comida y regalos, incluso se preparó una función con música y marionetas.

El día de Navidad el ángel se despertó antes del amanecer. Anduvo silencioso, leve, casi incorpóreo, entre todos los que se apiñaban dormidos en el barracón. Fuera nevaba. Dejó que los copos blandos y mansos fueran cayendo sobre su cuerpo. Cerró los ojos y sintió el recuerdo de aquella otra nevada, esa que el primer invierno de la guerra fue cubriendo su cadáver de soldado. Anduvo un rato por las calles de Ravensbrück. Al volver Noelle, Marie y Lea jugaban con la nieve en la parte trasera del barracón. El ángel les dijo que debía marcharse, y se elevó hacia las alturas. Tres plumas cayeron sobre el suelo.

Las tres niñas volvieron dentro, y la pequeña Lea le dijo a su madre:

—Ya se ha ido, mamá.

Lorette le dio un beso. La chiquilla le enseñó las tres plumas asegurando que el ángel se las había dejado como regalo de Navidad.

LA MALETA DEL OFICIAL

Sienta bien a mi alma el mar eterno.
¡Y tú no ves la actividad creciente de esta nube!
Carlos Edmundo de Ory

Todo empezó el día que me detuvieron. Tenía sólo veintitrés años, pero era ya bailarina de una de las mejores compañías de danza de Alemania. Actué en los mejores teatros del país, también en Austria y Polonia. Pero vino la noche, la lluvia, y una cita con los sueños a los que se les llena el fondo de piedras y de sangre. Un destacamento de soldados de la SS irrumpió en el teatro.

Se oyeron disparos.

Las balas pasaron silbando hacia el techo.

Entre los presentes corrió una exclamación de espanto. Subió al escenario un oficial, de aspecto frío, cabeza alargada y ojos penetrantes, que me agarró del pelo y me empujó haciéndome caer sobre las tablas. Soltó una risotada, palmoteó en el aire, las venas de la frente se agarraban al cráneo como raíces. Las facciones de su rostro eran de una brutalidad enfermiza, su mirada fría como un témpano. Todas las bailarinas de la compañía fuimos apresadas. Estábamos acusadas de no querer participar en la regeneración de la raza aria, de no querer ser dóciles jóvenes preñadas que dieran hijos al nazismo.

Nos subieron en uno de los vagones de ganado del tren que partía hacia Ravensbrück, el mayor campo de concentración de mujeres que el Tercer Reich había levantado en territorio alemán.

En el *Lager*, después de extenuantes jornadas laborales en la fábrica de armamentos, entumecida por los golpes que nos daban las guardianas, mi cuerpo era un amasijo de músculos que no me permitían inclinarme sin dolor. En la semioscuridad gris y monótona del barracón notaba el olor de las mujeres sucias y enfermas, el hedor de sus trajes llenos de inmundicia, el tufo de las mantas que exhalaban una pestilencia de ganado. Sorbos, carrasperas, cientos de palabras en idiomas diferentes daban lugar a una espantosa composición auditiva.

Día tras día hube de acostumbrarse a aquellos rostros envejecidos de repente, a aquellos ruidos que acabaron convirtiéndose en un cantilena mansa y tediosa. A las cuatro de la mañana sonaba la sirena, y volvíamos a encontrarnos con la dura disciplina, que comenzaba con el recuento en la plaza bajo la lluvia, bajo la nieve, bajo un sol de fuego. Mi estómago, como el de mis compañeras, sufría ese calambre particular que proporcionaba el menú espartano del campo.

El tiempo en aquel maldito lugar me lo había ido quitando todo. Hasta había perdido el nombre para ser sólo un número y un triángulo negro, zurcidos en la pechera. Cuando me tumbaba en la litera, pasaba horas enteras imaginando como era el mundo antes del infierno. Imaginaba el perfume de una flor, el paisaje del monte verdecido por la lluvia, el fuego del hogar junto al que mi madre narraba tantos cuentos, la textura del pan recién hecho, la suavidad de un vestido limpio, el plumaje colorido de otros pájaros que no fueran aquellos malditos cuervos que graznaban día y noche en Ravensbrück.

Pronto me quedé sin objetivos y sin metas. Un paisaje negro comenzó a habitar en mí, como esos astros sin luz que sobreviven en la noche intentando vanamente alcanzar el brillo de la luna.

Tras ocho semanas, a todas las alemanas del barracón diez se nos comunicó que, si aceptábamos trabajar en el prostíbulo de Auschwitz durante seis meses, seríamos liberadas. Muchas nos ofrecimos para escapar de Ravensbrück, pero desde el momento en que pisamos el *Sonderbaracke,* creado para levantar la moral del personal masculino del campo, supimos que la promesa no se cumpliría jamás. A todas las recién llegadas nos dieron vestidos nuevos, medias y tacones. Nos daban una mayor ración de comida, nos preparaban para que fuésemos apetecibles para los hombres.

Anka, otra deportada que llevaba ya tres meses en el burdel, me dijo que tenía que ser fuerte, que tenía aguantar hasta el final de la guerra.

Así comenzó una locura nueva: el estrépito del burdel, la atrocidad de aquellos duelos verbales donde los hombres pugnaban para acostarse conmigo.

Era la más joven de todas, y pronto supe que hablaban de mí como «el animal más bello de Auschwitz», sí, eso era ahora Carola Giesler. Desde entonces las horas empezaron a tener para mí el olor de los pájaros heridos, del centeno pisoteado, de los abrazos rotos. Y entre todos aquellos olores estaba el mío propio, el de una bailarina que gastaba el perfume del jazmín y del cieno.

Cada una de nosotras vivía allí su soledad particular, todas pensábamos en la liberación, en la marcha lejos. Entre nosotras surgieron las confidencias y el afecto. Igual que los marineros durante los temporales narran hechos insólitos, a veces lascivos o cómicos, para calmar la inquietud producida por las olas y el viento, así nos defendíamos nosotras. Circulaba a veces prensa clandestina que era recibida con gran regocijo. El secreto era custodiado por todas con gran cautela. Era la mejor manera que teníamos de seguir preservando nuestra identidad como mujeres.

Durante el día, a todas las chicas que éramos obligadas a ejercer la prostitución, se nos permitía pasear por el campo. Yo había estudiado con detenimiento el lugar donde se enclavaba la colonia de los oficiales y guardianas, y por supuesto conocía como la palma de mi mano la casa de Kruntz. Cada vez que éste se emborrachaba, o quería dar rienda suelta a las más bajas pasiones, me ordenaba ir a su lecho, alegando que al ser su elegida era afortunada.

El oficial era un cincuentón que pasaba buena parte del día fumando y bebiendo coñac con otros SS mientras discutían sobre planes de ataque y defensa. Era alto y corpulento.

Cuando estaba en su casa me iba desvistiendo mientras sonaba Wagner en el gramófono. Me quitaba primero el vestido. En mitad de aquella danza imposible me sacaba los ligueros e iba bajándome las medias. Kruntz daba palmadas cuando me cimbreaba, completamente desnuda ya. Sus ojos eran dos cuchillos que me atravesaban. Sus besos eran besos pastosos, besos impostores, besos de borracho. Me recorría los pechos con las manos dejándolas descansar en las curvas de las caderas. Luego me susurraba palabras al oído: «Carola, eres una zorra Mesalina que me traes loco. Aún no sé por qué te quiero, porque yo te quiero, aunque no lo creas». El olor de mi perfume se volvía agrio, la náusea borraba mi nombre, mi ser entero.

El sucio espejo del ropero se vengaba enseñándome una escena blasfema, en mitad de una noche con una luna amarillenta y ácida en el fondo.

Cuando estaba con Kruntz debía complacerlo como un pobre animal acorralado. Notaba el sonido del aire lastimado sobre mi piel, sobre los cabellos rubios, sobre mis ojos que tenían el color del mar después de la tormenta. Para aquel maldito nazi era una muñeca rota de la que sacaba el único provecho que según él yo tenía: mi cuerpo joven.

Todo aquel suplicio empezó cuando el oficial Friedrich Kruntz oyó el rumor que circulaba sobre mí en el campo, y vino una noche a conocerme. Al verme por vez primera, me acarició las mejillas con la fusta, y me pidió que me desnudara. Me examinó como si fuera una res, y satisfecho dio la orden de que me llevaran a su casa en el pabellón de los oficiales. Sentí caer sobre mí el peso lascivo de un hombre, que tenía la idea ferozmente carnal de someter bajo su cuerpo mi cuerpo de muchacha triste. Notaba mi piel joven sobre la suya escamosa y vieja, sus labios de alcohol y nicotina sobre la cereza tierna de los míos, sus manos sin ternura agarrando las mías temblorosas.

Fueron mucha las noches en que solicitó mi presencia. Me poseía, me humillaba, y me devolvía al burdel del mismo modo que se devuelve algo que ya no sirve. Al llegar, me miraba al espejo y veía la mujer derrotada que era, y lloraba, lloraba mucho. Anka me consolaba, no quería bajo ningún concepto que me dejara vencer.

Cuando se cumplió los diez meses de mi estancia en Auschwitz, Kruntz dispuso que fuera devuelta a Ravensbrück para ser gaseada. Ahora le interesaba para sus juegos eróticos otra muchacha que estaba recién llegada. Yo misma oí como le daba la orden a un *kapo* de que prepara mi traslado, ya no hablaban de mí como un animal bello sino como la perra sarnosa que tenía que ser sacrificada.

Sabía que Kruntz viajaría a Berlín en el plazo de dos semanas, las que se había señalado para mi deportación nuevamente al campo de mujeres. La maleta que el oficial guardaba en el armario tenía que ser mi pasaporte a la salvación. Exhalaba un tenue olor a naftalina y a lana vieja la primera vez que la abrí. Los ángulos exteriores, blindados con acero, desafiaban el maltrato de los faquines y la brutalidad de los mozos de carga. Era perfecta. Primero hice unos pequeños orificios en uno de los laterales. Había calculado el lugar que ocuparía la cabeza, y pude taladrar dos aberturas para los ojos y un pequeño agujero a la altura de la boca. Era menuda y elástica, y me acoplé sin problemas. Tiré de las cuerdecillas que había atado al interior del pasador, y la tapa cayó sobre mí quedando encajada. Para salir tenía que hacer el movimiento contrario: elevar un poco la cabeza, y soltar la cuerda que volvería a aflojar los pequeños muelles de la cerradura.

Dentro de la maleta tenía que controlar la náusea que se acumula en el pecho cuando el organismo cambia de posición. Aquel era mi nuevo refugio, y allí tenía que quedarme si quería salir viva del campo. Debía aprovechar el viaje a Berlín del oficial de la SS, Friedrich Kruntz, para escapar.

Anka me había enseñado a abrir las puertas con la ayuda de una horquilla. Cada día entraba en la casa de Kruntz cuando este se iba e iniciaba el entrenamiento dentro de la maleta. Después de numerosas sesiones ya tenía dominados todos los movimientos que debía utilizar, y la postura en la que debía colocar cada músculo.

El día de la marcha, entré por la puerta trasera, y me escondí en una despensa. El SS tenía ya la maleta en el pasillo, y estaba llamando a la comandancia para que viniera un coche. Siempre, antes de viajar, salía a fumarse un cigarro y tomar una copa. Tenía el tiempo justo. Entré sigilosa, escondí su ropa en la arqueta del ropero y me metí en la maleta.

En pocos minutos se inició el viaje. Durante el trayecto entretuve mi cabeza imaginando el mar. Sólo lo había visto en cuadros. En el campo de Ravensbrück, Neus, una prisionera española, que se había criado al lado de la playa me había hablado muchas veces de él. Me fascinaba oírla describir aquel azul inmenso donde siempre creí que se guardaban todos los sueños, todas las lluvias, y todas las palabras del mundo. Recordando aquel mar imaginario lograba controlar la respiración y serenarme.

Al llegar a Berlín, los mozos pusieron la maleta en la habitación donde Kruntz había dejado el uniforme y la pistola. Salí despacio. Tenía que huir por una ventana que daba al jardín. Al girar la falleba, oí el claveteado de las botas del oficial al otro lado de la puerta. Todo estaba perdido, no me daba tiempo a escapar. Cuando entró estaba apuntándole. Con voz melosa dijo: «Tranquila, muñeca, dame el arma, no te va a pasar nada. Sabes que te quiero, Carola, eres la maldita puta a la que quiero.» Avanzó dos pasos, apreté el gatillo y le disparé tres veces. Se desplomó en el suelo. Salté rápidamente por la ventana, y corrí durante un rato por las calles de Berlín.

Encontré abierta la puerta de la casa de la señora Freude, una vieja conocida. Estaba en la cocina y no me reconoció al verme aparecer. Le dije que era Carola, la hija de los Giesler. Me miró fijamente a los ojos y exclamó: «¡Carola mía, mi niña, mi bailarina preciosa! ¿Qué haces aquí?». Le conté que había sido prostituta en un campo de concentración, y lo que Kruntz tenía planeado para mí. Le expliqué cómo había escapado, y lo que acababa de suceder en casa del oficial. Me sujetó las manos y prometió ayudarme. Ella me conocía desde que era niña. Mi abuela me llevaba con frecuencia a su casa donde jugaba con su nieta Frederika. La señora Freude me condujo al dormitorio del fondo. Abrió un pequeño armario, apartó la ropa, tiró de un cordelillo y cedió una pequeña puerta de madera. Me dijo que daba a un pequeño sótano donde podría esconderme hasta que acabara la guerra. Permanecí oculta varios meses, y gracias a ella logré sobrevivir.

Ha pasado mucho tiempo…

Hoy cumplo noventa años, estoy en el hospital. La luz viscosa que entra por la ventana confunde y reconcome el tiempo. Tal vez ahora nieve como entonces. Tal vez sea el alba. Tal vez hoy vayan otros huyendo por los caminos del invierno en dirección al mar. En esta habitación tengo que reinventar el mundo como es ahora, como era entonces... Los músculos siguen entumecidos, los pulmones vuelven a llenarse de un agua enferma que tardará mucho en secarse. Siento en mi pecho un desierto poblado de buitres. Y me repito que morirse no tiene mérito, vivir es lo difícil…

He calculado el lugar que ocupan mis piernas. Las flexiono. Doblo la cabeza. Tiro de las cuerdecillas. La tapa cae. Estoy dentro. Controlo la náusea. Huele a naftalina y lana vieja. Ya queda poco, llegaré, sé que al fin llegaré a ese mar que contiene en su nombre mi nombre entero. Lo siento. Está cerca, me arrastra dentro, muy dentro, me arrastra hasta ese azul infinito en que se hunden todas las palabras y todas las promesas del mundo.

DETRÁS DE ESTE MUNDO TAN VIEJO

Las olas del corazón no estallarían en tan bellas espumas ni se convertirían en espíritu si no chocaran con el destino, esa vieja roca muda.

FRIEDRICH HÖLDERLIN

Ravensbrück, 6 de febrero de 1945

Querida Bettina:

Eres la única a la que puedo escribir, eres lo único que tengo. Me gustaría saber qué hay detrás de este mundo tan viejo ahora que aprendido el calzado que debo usar para seguir bailando en la fiesta de la vida. Sé seguirle el ritmo a todo esto aunque la lluvia enfangue las suelas de los zapatos y el barro te salpique el alma.

Soy la *kapo* de uno de los barracones del campo de Ravensbrück. Ocupar este puesto no me ha resultado fácil, ya sabes que vivimos aquí casi todas las alemanas que estábamos en la cárcel. Por una ración extra de comida, por unas medias o por un poco de carbón para la estufa se puede llegar a hacer de todo. Pasé dos años entre rejas, y en prisión una aprende a sobrevivir abalanzándose sobre todos los que pueden hacer tambalearte. Nada me ha pillado de improviso, Bettina. Antes de esto, sobrevivíamos en un arrabal de Frankfurt, rodeada de la gente más miserable, más pobre; rodeada de todos esos que aprenden pronto a vivir sin conciencia.

Nuestro padre, enjuto y sifilítico, de voz ronca pasaba todo el día bebiendo coñac, y zarandeando nuestra madre. ¿Sabes que empezaron a llamarla «Ulrike, la Muñeca»?

Sí, la llamaron así en el barrio cuando a ella comenzó a quedársele la vida demasiado grande y se convirtió en el juguete de un miserable. Mamá estaba enferma de oír palabras muertas, las ilusiones se le esfumaron pronto. Andaba siempre por la casa con los ojos acuosos, callada como un autómata. Debía abrirse de piernas cada vez que papá la obligaba, someterse a sus más sucios juegos de lascivia. Papá con ese odio propio de los bellacos la miraba con desprecio, insultándola sin la más mínima consideración.

Hacía todo lo posible para dominar los nervios y para protegerte a ti que eras tan solo una niña. Aquel primero de abril, mamá discutía con él porque se había gastado en la taberna el poco dinero que le quedaba. Papá le descargó una bofetada tan brutal que la hizo caer al suelo. Nos retaba a las tres con su mirada altiva y el gesto fanfarrón. Tú, que tenías entonces doce años, corriste hacia ella, y él sujetándote por un brazo te apartó violentamente gritando que te marcharas. Seguidamente comenzó a patearla, despachándose a gusto en su cuerpo flaco de muñeca. Se encorvó sobre su rostro, hablándole junto a la boca que no dejaba de sangrar, contándole que era ella la que había echado su vida por la borda. No pude contenerme por más tiempo, cogí el martillo y le golpeé la cabeza hasta la muerte.

Con tan sólo dieciséis años fui juzgada y encarcelada, y a ti no te quedó más remedio que irte a vivir con la bruja de la tía Ángela. Cuando estalló la guerra me trasladaron al campo de Ravensbrück. Los primeros meses los pasé en el block destinado a las presas comunes. Con la llegada masiva de prisioneras al campo, las guardianas de la SS empezaron a reclutar nuevas *blockovas*. Recuerdo cómo la guardiana de la SS, Irma Grese, se acercó a nosotras, y pidió voluntarias. Yo fui la primera que me ofrecí. Ella me dijo: «Aquí las lagrimitas y la piedad sobran. Para mantener a raya a todas las andrajosas del campo hacen falta tener muchas agallas, conseguir que laman tus pisadas, mirar siempre de frente, y retorcerle el pescuezo como a una víbora si hace falta. Tienes que vigilar el barracón, controlarlas, saber si traman algo, si esconden algo. Debes ser su sombra, debes servir con dignidad al Führer. Si lo haces tendrás un plato más de sopa diaria, y un poco de carne los fines de semana. Cuando termine la guerra, el grandioso imperio alemán que está levantando Hitler te concederá la libertad».

Desde aquel momento me uní a aquella horda de *blockovas* sucias y crueles, que sometían a todas las deportadas de Ravensbrück. Tenía que aprender a embrutecerme, a pegar a aquellas desgraciadas, a gritarles como si fueran ganado. Debía convertir el castigo en hábito, de manera que fuera otra costumbre más, indolora y leve; tenía que sustituir la conciencia por el cinismo, convencida así de que el arrepentimiento no era posible. El desarraigo requiere mucha prestancia y sacrificio porque la infamia no tiene horarios. Encajé la nueva situación con esa mezcla de placer y decepción que se siente cuando se te llena la vida de promesas que sabes con casi toda probabilidad que nunca van a cumplirse. Las *blockovas* nos hallábamos desnudas ante la suerte, el porvenir pendía de nuestras cabezas como la espada de Damocles. Veíamos lo poco que pesábamos ante el poder descomunal de las guardianas.

A las reclutadas nos asignaron un nuevo block. Teníamos una litera para cada una, las letrinas y duchas sólo para nosotras. Podíamos cambiarnos a diario de ropa, comíamos más, y gracias al trapicheo que manteníamos con las deportadas conseguíamos lo que íbamos necesitando para salir adelante. Sin embargo, debíamos estar siempre alerta. Entre las *blockovas* había chivatas, incluso se organizaban grupos con el objetivo de ganarse el favor de las SS.

Entablé una gran amistad con Karelina, una muchacha que me recordaba mucho a ti, Bettina. Compartíamos puntos de vista sobre el trabajo que debíamos desempeñar, nos aconsejábamos sobre cómo tratar a las más rebeldes del block, y sobre cómo manejar a los niños de las deportadas. Nuestras estrategias nos sirvieron para conseguir, a cambio de hacer la vista gorda, objetos y delicias de las mujeres. Ella controlaba a las que se ocupaban de los vagones de carga, sabía que todos los días robaban algo. Yo vigilaba el block de las que trabajan en los talleres textiles; conseguía medias, abrigos y otras prendas que eran exclusividad en el campo.

El primer día que comenzó a nevar en el campo Karelina se hizo con una botella de Jägermeister. El precio había sido permitirles a las prisioneras introducir un periódico en el barracón para que conocieran el avance de la guerra. Cuando descorchamos el licor, Gerda Schwarz se acercó a nosotras y nos preguntó cómo lo habíamos conseguido. La miré a los ojos y sin vacilar le respondí: «De la misma manera que tú consigues la ginebra y el tabaco». Dijo que debíamos compartir la botella, que hacía demasiado frío. Rápidamente todas sus chicas me rodearon. Conocían mi nombre, me despreciaban, y me odiaban porque no conseguían someterme a su matona. Gerda Schwarz siguió hablándome como si las palabras le doliesen en la boca: «Verás, bonita, tú sabes la buena relación que mantengo con Irma Grese y Dorothea Binz. ¿Te imaginas que la Binz se entera de que Karelina y tú habéis negociado una botella de Jägermeister? Os revienta el hígado a patadas. Así que déjate de remilgos, y déjanos beber».

Yo le repliqué: «Tú nunca nos dejas beber a nosotras y no es el primer invierno que pasamos en Ravensbrück. ¿Por qué tenemos que compartir ahora el Jägermeister contigo, Gerda?».

Se sacó una navaja del bolsillo y sujetándome sobre su pecho me la colocó en la mejilla: «Te voy a hacer unas marquitas en tu sucia cara, conmigo no se juega». Gerda Schwarz soltó una carcajada e indicó a dos muchachas que me sujetaran las manos. Cuando iba a empezar a marcarme la mejilla, Karelina no dudó un instante en hacerle frente sacando también su navaja: «La botella es cosa mía. Suéltala. A ver si eres capaz de marcarme a mí, pero tú solita, sin vasallas, maldita gallina de corral».

Gerda me soltó y atacó a Karelina. No era la primera vez que asistía a una pelea en el barracón, en varias ocasiones había habido trifulcas. Las dos sudaban, jadeaban, escupían, gritaban, se maldecían. Las demás mirábamos el combate sin atrevernos a pararlo. En una de aquellas arremetidas Gerda le clavó la navaja a Karelina en el pecho y se la hundió hasta el corazón. Ésta se derrumbó en el suelo. Yo me arrodillé junto a ella y lloré por primera vez en mucho tiempo, quizás para darme cuenta de que todavía me quedaban lágrimas, quizás porque desde que me alejaron de mamá y de ti nadie había sido capaz de jugarse la piel por mí como lo había hecho Karelina.

Una de las guardianas, enterada del suceso, castigó a todas las mujeres del barracón a permanecer en formación en la plaza durante cuatro horas. Bajo la nieve, que caía sin cesar debía construir con los pedazos rotos una razón que me siguiera sujetando a la vida. No era capaz. Los ojos de Karelina, los ojos de mamá, tus ojos, Bettina, me seguían mirando desde la planicie inmensa del vacío y el silencio.

Aquel dolor tan hondo me hizo ser mucho más condescendiente con las prisioneras. Era también mi forma de venganza contra Gerda, que quería seguir manteniendo el favor de Irma Grese, y delataba a todas las *kapos* que tenían manga ancha con las prisioneras. A las mujeres de mi barracón las dejaba organizar pequeñas fiestas los domingos; les permitía guardar libros, mudas y cuadernos; sólo les gritaba y golpeaba cuando había delante alguna guardiana. Ellas lo sabían, y procuraban siempre el mayor de los sigilos a la hora de hacer algo prohibido. Establecimos una camaradería que todavía hoy dura, y que ni siquiera sospecha la sibilina Gerda.

Ahora sólo me queda esperar que esta maldita guerra termine. Saldré de Ravensbrück e iré a buscarte, te libraré por fin de la tía Ángela que siempre fue una aprovechada. Las dos juntas empezaremos a construir una vida. Cuando te vea otra vez ya serás una mujercita. Te cepillaré despacio los cabellos y los iré trenzando; podré ya ponerte colorete en las mejillas y un poco de carmín en los labios. Estarás preciosa, Bettina. Tengo para ti guardado un vestido de seda y unos zapatos de tacón. Yo trabajaré para que nada te falte, te lo mereces todo. Esos son los motivos por los que ahora lucho, y esa es mi manera de encontrar la felicidad en mitad de este pudridero, lo nuevo detrás de este mundo tan viejo.

Pronto nos veremos, Bettina.

Aguanta, pequeña. Te quiero.

Constanz Tür

UN PUÑADO DE CARAMELOS

No nos hemos hecho valer como los hombres.
La gente no sabe que también hubo españolas en los campos de Hitler.

NEUS CATALÁ (DEPORTADA)

Las máquinas no paran, están siempre en funcionamiento. Hay que asegurarse a cada instante de que todas las ruedas del engranaje sigan girando. Así que afánate, esfuérzate, suda, sangra si es preciso, enloquece, muere, pero no pares, no pares, la máquina no puede detenerse…

Tienes que ser fuerte, Boni.
Tienes que aguantar, Boni.
Tienes que colaborar, Boni.

* * *

En el campo de Ravensbrück el cielo parece más cruel. Los años, las lluvias y las estaciones siguen mordiendo las paredes de los barracones. La luz se comba con esa tristeza que tienen todas las cosas que empiezan a desplomarse. Las mujeres allí recluidas tienen la convicción de que son seres desubicados, padecen el dolor de ser de una manera tan seria que aseguran que nunca más se desprenderán de él. Muchas no quieren mirar en sus adentros, temerosas de encontrar en su alma andrajos y polvo.

Los abetos de un verde desvaído comienzan a morirse de nuevo. Las chimeneas grises escupen una flema cenicienta que convierten el aire en algo irrespirable. Suena la sirena.

Son las cuatro de la mañana. En menos de media hora hay que estar en la plaza para el recuento. Las mujeres se levantan y corren hacia los lavabos, se apelotonan en la entrada dando codazos, chillando. Llega la marmita del desayuno, un café que no es más que un agua sucia que se pudre pronto en el estómago.

* * *

Otro día más. Irrumpe ese nauseabundo aroma que nos convierte en manada, que piensa por nosotras, que nos sigue a todas partes, que se nos mete hasta en el alma. No quiero que vuelvan a decirme que tengo que ser fuerte, porque Boni no es fuerte, porque Boni está cansada, porque Boni no cree en el futuro. Aquí todas somos esclavas, nuestras ilusiones son nuestra inconsciencia, nuestro modo de afrontar el miedo. Habito entre mujeres que no saben el lugar que ocupan, entre mujeres que no pueden certificar con firmeza si están subiendo o bajando, avanzando o retrocediendo, si están resistiendo o agonizando. Porque en Ravensbrück hay dos formas de morir: una que hay que aceptar como irremediable. La otra muerte es la que nos vacía por dentro, la que nos niega. Somos sólo trozos de una maquinaria que no para de girar, que no para de producir, que rueda, cambia, vira, voltea… Cuando nos convertimos en piezas inútiles somos reemplazadas. Aunque sólo tengo veinte años, me siento vieja y vencida. Sí, Boni es ahora la infeliz, la más miserable de todas. Ya no me sirve toda esa fanfarria de la que me hablan mis compañeras de barracón, no quiero escucharlas más, no quiero mentirme más…

* * *

Las mujeres forman en la plaza bajo la lluvia. Deben permanecer firmes, quietas. Prohibido hablar, prohibido mirar a las guardianas, prohibido girar la cabeza, prohibido temblar, prohibido desmoronarse… El recuento no sale bien a la primera. Comienza de nuevo. No para de llover. Vibra la fusta de la guardiana sobre la espalda de las que caen. Nadie puede ayudarlas. Tienen que levantarse por sí mismas. Si no lo consiguen son calificadas de «inservibles». Piezas desechables. Serán condenadas a la cámara de gas. Acaba el recuento. Los diferentes comandos marchan a su trabajo.

* * *

Entramos en el taller número dos. Ocupo mi sitio en la máquina de coser eléctrica. Binder, el SS que dirige el trabajo, anuncia que la producción de hoy debe alcanzar las cuatrocientas mangas por persona. Cuatrocientas mangas, cosidas a los uniformes de rayas de las presas. Ninguna debe detenerse. Ninguna puede fallar. Si al final de la jornada no tenemos el número exigido, todo el grupo será castigado. El taller brama con el sonido de los motores. Binder grita y nos llama «putas holgazanas». El SS sabe que la vulnerabilidad de las deportadas es extrema. Acaba de abofetear a Ninette, alegando que en vez de costuras hace zurcidos. Nos golpea con cualquier cosa que pilla a mano, y en nosotras crece el temor, el odio y el desprecio. Sólo puedo pensar con el argumento del que lo ha perdido todo. Ya no quiero un tiempo a trozos, no quiero escuchar las mismas palabras de siempre. Estoy cansada de todo este desapego, de todo este montón de esperanza que se ha quedado por el camino. Quiero habitar un sitio donde vivir no duela, donde se pueda buscar un destino que no se tuerza. Superpongo en mi cabeza pensamientos inconexos para huir. Pienso en un sol lejano, en un huerto, en la parte trasera de una torre… Hay una puerta en la parte trasera de la torre, por ahí podemos escapar, por ahí puedes escapar, Boni. Escapa, Boni…

* * *

Boni ha bajado demasiado la cabeza. Ha cerrado los ojos. Binder se acerca y le estrella la frente contra la mesa. La agarra del pelo y le levanta la cabeza gritando: «La puerca españolita tiene mucho sueño, pero no os preocupéis que verás que pronto la despabilo.» Las muchachas miran de reojo sin parar el trabajo. Boni sangra, pero no se lamenta. Boni tiene la nariz partida, pero no llora. Boni aguanta, el orgullo es lo único que le queda en ese momento. Binder la sacude, la patea hasta hacerla caer. Una de las guardianas se acerca y le tira un cubo de agua. Boni se levanta, vuelve a su máquina, aunque no para de sangrar. Ha conseguido taponarse la nariz con dos trocitos de tela que le ha dado su compañera de al lado. Sigue montando mangas. Boni piensa que su tristeza es parecida a la de un animal abandonado. Boni se va muriendo con resignación y hábito.

«Señor Binder, Boni se ha desmayado». El SS se acerca y ordena que la lleven a la enfermería. Allí valorarán su estado, si no puede incorporarse al trabajo será otra máquina inservible. Un médico la examina, le pone una inyección y le dice a una de las enfermeras: «recuperable». La han tumbado en una cama al lado de la ventana. Boni mira el cielo que es de un extraño color de yeso. En los rostros de sus compañeras todo atisbo de humanidad se apaga, la luz cadavérica se posa sobre sus cuerpos. Escucha un golpe en el cristal. Un hombre, con el uniforme de rayas, le hace señas. Boni abre un poco la ventana y este le hace llegar una bolsita de caramelos. Ella la coge y se la guarda en el bolsillo de la bata. Todo ha transcurrido en segundos. Una de las enfermeras se acerca y le indica que se marche a su barracón.

* * *

No sé quién es ese hombre. ¡Pero tengo un puñado caramelos! Debo racionarlo, saborearlo poco a poco, disfrutarlo. Voy a usar la razón, debo ser práctica. Un caramelo puede valer cinco rebanadas de pan, un jersey o unas medias. Pero antes tengo que probar, aunque sea uno. Pongo suavemente la lengua en un extremo, siento con ese único gesto que se destila en mi sangre un agua dulcísima que sacia hasta la sed más intensa. Lo lamo un poco más, noto una marea que se filtra en mi boca. ¡Ha sido delicioso! No voy a contárselo a mis compañeras. Ellas no paran de hablar del apoyo que nos debemos, de la solidaridad a la que estamos obligadas; no cesan ni un día de hablar de la moral, pero cada una tiene la suya, cada una la reforma y la acomoda según sus necesidades. Estoy harta de que me digan qué debo hacer, cómo debo actuar, harta de todo este código que hemos establecido para salvarnos. Salvarnos, salvarnos ¿De qué? ¿De qué vamos a salvarnos? Esto es un mar sin fondo donde nos vamos ahogando lentamente.

Trato de seguir comprendiendo cuanto me rodea en toda su extensión. El mundo es ante mis ojos una loba herida. Del pasado vuelvo con las manos llenas de algo que no sirve…

* * *

Boni se ha tumbado en su litera. Escucha una voz que llama. Es el hombre de antes quien está en el umbral. Se acerca y lo mira entre atónita y turbada, quizás sea uno de esos chivatos del campo, capaces de vender su alma al diablo por un cigarrillo o un trago de cerveza. «Hola, Boni, ¿No te acuerdas de mí? Soy Pierre Demont, tu enlace con la Resistencia en Francia.» Ella examina despacio sus facciones, y lo reconoce en sus ojos que guardan la misma mirada de antaño. Se dan un abrazo. «Ven conmigo, Boni, vamos a un lugar seguro.» Caminan hasta el taller de carpintería. Entran en un pequeño almacén. Los hombres que sierran la madera continúan sin alterarse. Boni se da cuenta de que Pierre burla sin problema las férreas normas del campo. Le dice que fue detenido llevando encima información sobre los movimientos alemanes en París. Aunque Ravensbrück es un campo para mujeres, explica que los nazis envían destacamentos de hombres para acelerar las obras de aquel lugar que no para de crecer. Pierre es uno de los mejores carpinteros, y eso le ha servido no sólo para librarse de trabajar en la construcción, sino también para ingresar en la colonia de los oficiales. Le expone cómo se las ingenia para robar en las despensas de los SS, y cómo consigue sobornar a los *kapos* que rondan la zona. Las perentorias necesidades estomacales de aquellos pícaros

90

son sus mejores armas a la hora de actuar. Una hogaza de pan o una lata de conservas son premios extraordinarios, que le sirven de pasaporte para moverse libremente por el campo sin ser delatado. Los caramelos que le ha regalado los ha encontrado en la casa de Edmund Bräuning: «Te conseguiré más, Boni, en cuanto sepa donde los guarda ese malnacido. Tengo que volver mañana a arreglarle un armario. Compartiré contigo la comida que robe, te lo mereces, compañera. Yo he aprendido a ganarme el regalo de vivir un día más, he aprendido a esconderme, a negociar, a usar la maña. Tenemos que contar lo que pasa aquí cuando salgamos, estos asesinos no pueden quedar impunes. Boni es un acorte de Bonita ¿verdad? ¿De ahí viene el nombre que te pusiste para entrar en la Resistencia? Lo elegiste bien, eres una muchacha muy bella».

* * *

Tengo veinte años, Pierre, pero mi vida ha sido amarga. Mi madre murió cuando yo sólo tenía diez años, y su recuerdo se acumuló a mi lado con el peso de todas las ausencias. Cuando tenía quince estalló la guerra civil. Mi padre, que había sido desde niño un lector empedernido, regentaba en Bilbao un café que solía reunir a muchos poetas y pensadores. Viendo lo que le esperaba, pidió a la tía Garbiñe que me acogiera en su casa del monte. Pronto lo detuvieron y lo encerraron en la cárcel de Larrinaga. En unos días había envejecido años. Estaba famélico, con la barba crecida, menos erguido, y más tosco de movimientos. Fue fusilado en el paredón de Derio. Vi a mi padre morir, desplomarse como un títere sin cuerdas en el suelo, vi sus ojos inmensamente abiertos mirando esa enorme nada que fue para él el cielo del amanecer. La tía Garbiñe y yo, junto a un pequeño grupo de represaliados vascos, emprendimos la huida hacia Francia. Cuando llegamos éramos una procesión de lamentables criaturas cuya historia no podía apartarnos del cansancio, la enfermedad y el hambre. La tía murió a la semana de nuestra llegada. Encontré a Hegoa, una chica de Irún, y me fui con ella a París.

Cuando Alemania comenzó la invasión me uní a la Resistencia. Creía que era lo único que podía hacer por mi padre, por Garbiñe, por todos los que una vez había conocido y ya no estaban. Pero de nada sirvió, me detuvieron, y he acabado como tú, en este pudridero del que no vamos a salir nunca, Pierre. Nunca vamos a salir de Ravensbrück, lo sabes igual que yo. En cualquier momento nos podemos convertir en una pieza averiada que no sirva para mantener el motor de la gran máquina del campo. Eso es lo que somos aquí, simples engranajes humanos cuyo único objetivo es producir. Y yo estoy ya cansada de estas horas sin lucha y sin conquista, de esta rutina metódica que nos aplasta. Tengo que irme ya, Pierre. Mañana cuando termine el recuento de la tarde haré lo que me has dicho. Me saldré de la fila de las mujeres que esperan la cena y me iré a la parte de atrás del barracón. Allí nos veremos.

* * *

Boni vuelve para el *appell*. Toma junto a sus compañeras el trozo de pan negro que le han dado. El tiempo que media hasta que se apagan las luces es el que las mujeres se toman de recreo. Se han propuesto no hablar de comida, no quieren que el hambre sea un tema recurrente todos los días. Son precisamente estos momentos los que le hacen recuperar su identidad, devolviéndoles su verdadera dimensión de seres humanos El profundo sentimiento de hermandad que se despierta en unas y otras se justifica por un ansia de rebeldía contra sus captores. Hoy quieren actuar para Boni, todas saben que Binder la ha golpeado. Ana, una joven navarra, baila el Aurresku mientras las demás sacan música de los más variopintos objetos. Algunas más se lanzan a imitar a Ana, y crean una danza grotesca y deslavazada que hace reír a carcajadas a Boni. Terminada la actuación, se recuesta en el catre, piensa en Pierre, toca los caramelos que tiene en el bolsillo. Cuando se duerman los disfrutará como se disfrutan esas cosas que son únicas.

Conchita no para de toser, ha empezado a convulsionarse. Neus, una muchacha de Barcelona, hace venir a Ivana, una deportada soviética que es médico. La examina con detenimiento, usa el fonendoscopio que robaron las francesas de la enfermería, le toma el pulso, le inspecciona la garganta, y le diagnostica una neumonía. Les explica a las españolas que dos polacas guardan ampollas de cardiazol, la han sustraído de uno de los vagones de carga. Es necesario que Conchita tome una para poder resistir. Ivana les advierte que las polacas querrán algo a cambio, algo que valga más que una simple rebanada de pan. Neus reúne a todas las chicas, hay que hacer una colecta para conseguir el medicamento. Boni, en silencio, sigue acariciando su tesoro en el bolsillo de la bata. Las mujeres empiezan a darle a Neus lo que atesoran: un espejito, unos calcetines, unos lápices, un cuaderno, una pañoleta, una pastilla de jabón, un peine. «Faltas tú, Boni, ¿No guardas nada que pueda servirnos?» le pregunta Neus. Boni se estremece, mira a su compañera y saca los caramelos del bolsillo. La miran con sorpresa y les explica que los encontró en el suelo, que probablemente se les cayó a alguna de las guardianas. La alegría es general, todas saben la importancia que tiene en el campo una exquisitez de ese tipo. Las polacas examinan las cosas que han llevado, pero son los caramelos los que hacen que no se piensen mucho el ceder una de las ampollas de cardiazol. Ivana levanta la cabeza de Conchita y le introduce el líquido. «Veréis como pronto mejora» dice la doctora.

* * *

Ha sido un día duro, Pierre, pero he conseguido pegar las cuatrocientas mangas. Hoy Binder la ha tomado con una sajona a la que acusaba de haber roto la máquina de coser para sabotear el trabajo. La ha golpeado con un taburete hasta hacerla sangrar. Anoche le di los caramelos a mis compañeras, teníamos que conseguir un medicamento para una enferma. Conchita ha aguantado bien el recuento de esta mañana. Hubo un momento en que pensé no entregarlos para efectuar el trueque. Me pedía un pedazo de felicidad oculta y breve, un pedazo de felicidad que consideraba solamente mío, y eso me despertó instintos más fuertes que yo misma. Luego cedí. Tenía que ayudar a mi compañera. Me consolé pensando en los momentos que compartimos juntos cuando estábamos en París. Pensé en aquellos momentos en que me estrechabas contra tu cuerpo. Nos hemos encontrado de nuevo en mitad del infierno,

94

ahora que me siento como uno de esos cuervos viejos que sobrevuelan el campo. Sí, ya sé que no quieres que te hable así, sé que no quieres que lo sienta todo perdido… Pierre me has besado, me has besado, Pierre… Voy a repetir tus palabras: Saldremos de aquí, saldremos con vida de aquí….

* * *

Boni vuelve al barracón. No les habla a sus compañeras de Pierre, teme perjudicarlo si lo hace. Boni está feliz. No para de pensar en el beso. Abril de 1945 está llegando a su fin. Ravensbrück ha empezado a ralentizar el mecanismo de su engranaje. Los objetivos diarios empiezan a incumplirse. Las tropas aliadas están cerca. Boni lo sabe. No ha dejado ni una sola tarde de ir al taller de Pierre. Él ha conseguido llevar a su barracón una radio clandestina que da noticias diarias de la guerra. Abraza a Boni, la levanta en sus brazos, acaricia su cuerpo de pájaro ligero. Cuando vivir significa tan poco, amar es lo más grande. Y Boni ama.

* * *

Comprendes que el momento en que te enamoras es aquel en que empiezas a atribuirle a otro ser las cosas que amas, y que hasta entonces no has tenido. Al mismo tiempo experimentas un intenso deseo de estar a su lado, pides ser acariciada por aquellas manos, ser besada por aquellos labios. El tiempo ha pasado demasiado rápido. Aquí nada es nuestro, nos han quitado sin miramientos y sin piedad nuestra vida, nuestros afectos para hundirnos en una existencia de golpes y disciplina que nunca debe quebrarse. Debemos aceptar que sean los alemanes los que piensen por nosotras, que decidan qué día has de salvarte o en qué hora has de morir. Pero ahora amo. Soy yo la que busca los besos que curan y los ojos que salvan. Nos iremos para siempre de este lugar donde el viento se estanca y se apagan las estrellas…

* * *

Boni no está sola. Pierre la contagia de arrojo y felicidad. Cuando salgan del campo los dos regresarán a París para gozar de un tiempo nuevo que no suene a cristales rotos, ni a lluvia cercenada, ni a motores en marcha, ni a callejones muertos. Crearán una historia en la que poder habitar, una historia que sea menos ofensiva que las sombras. Quieren recuperar la luz, huir del cubil de sus espejos, abandonar la geometría imperfecta de tantos días iguales…

* * *

Las máquinas comienzan a pararse, las ruedas del engranaje sufren de repente una sacudida, una circunvolución, un remolino… Binder no ha acudido al taller, las guardianas y los SS han iniciado el traslado forzoso de muchas prisioneras, los soldados no están en las torres vigías. Oigo miles de suelas golpeando el pavimento de las calles. Me he resistido y no me he sumado a las marchas. Ha llegado el día de la liberación, Pierre. Las esperanzas son demasiado grandes para todos los que hemos logrado sobrevivir a Ravensbrück. Ahora lo que ruge en el campo es la alegría de todas aquellas que hasta hace unas horas éramos tristes máquinas, mecanismos de un rígido sistema, piezas orgánicas de un anclaje. Atrás quedan muchas mujeres que tan sólo son un puñado de cenizas en el fondo del lago, atrás quedan una tristeza huérfana de niño abandonado, un tiempo muerto de vida desgarrada, un camino de pasos rotos, un aire que no cesará nunca de escupir sobre la memoria el vaho del crematorio. Atrás queda un vasto latido triste, que alberga los corazones de todas las mujeres, que se quedaron sin nombre, sin alma y sin revolución en el campo de Ravensbrück. Pero nosotros seguimos vivos, Pierre, nosotros seguimos vivos para contarlo.

VISTO PARA SENTENCIA

La mejor arma política es el terror. La crueldad impone respeto; los hombres podrán odiarnos, pero no queremos su cariño, sólo queremos su miedo.

HEINRICH HIMMLER

A lo largo de mi carrera como psiquiatra había tratado con muchos enfermos. El fin de la guerra trajo un aluvión de pacientes graves a los que empecé a tratar de numerosas patologías esquizoides y compulsivas, relacionadas con los bombardeos, la batalla campal y la muerte. Los escuchaba con atención, y de sus mentes trastornadas siempre salían figuras que ellos transformaban en sus propios demonios. Contaban historias extraviadas e inconclusas, narraciones en las que seguían siendo perseguidos, relatos en los que a menudo seguían padeciendo chantajes, robos y amenazas. Todos eran seres abrasados por el mismo fuego, cegados por los entresijos de su mente rota, renacidos una y otra vez en el mismo infortunio que se había encarnizado con ellos.

Un caso de guerra que no cumplía el patronaje de estos enfermos, y que tuve que evaluar fue el de la guardiana nazi del campo de Ravensbrück, Dorothea Binz. Poco antes del juicio, requirieron de mis servicios para hacer una última evaluación de la condenada. Antes de visitarla estuve revisando los informes de algunas supervivientes. Destaco dos testimonios que me llamaron poderosamente la atención.

BRIGITTA ANMUT, SUPERVIVIENTE DE RAVENS-
BRÜCK.

Testimonio número **20**

Dorothea Binz iba con frecuencia al pabellón de las
locas y seleccionaba a una mujer para su divertimen-
to personal. Recuerdo el día que sacó a la explanada a
Thereza, una polaca que había enloquecido cuando vio
morir a su hija. La obligó a caminar a cuatro patas. El
regalo prometido sería el regreso de la niña. Thereza
avanzaba hacia delante y hacia atrás, con movimientos
torpes y lentos. Binz le ordenó que olfateara el suelo
como si fuera un perro, y la mujer obedeció como si
fuera una bestezuela. Dorothea la golpeaba incesante-
mente con la fusta sin parar de reír. Empezó a llover,
y aprovechó para indicarle que saltara como una rana.
Comenzó a brincar en el barro, salpicándose de fan-
go las piernas y la bata de rayas. Bajo un paraguas la
guardiana contaba: uno, dos, tres, cuatro… De vez en
cuando paraba y le recordaba que su hija volvería cuando hubiese llegado a cien. No pudo dar más de veinte
saltos, la pobre mujer cayó rendida. Binz se acercó y le
dio un puntapié. Thereza, recobrado de repente el vigor,
se incorporó y encarándose a la guardiana le gritó que
le devolviera a su hija. Se lanzó sobre ella para arañarle
la cara. No tardó en reducirla, y una vez en el suelo, comenzó a patearla hasta que acabó con su vida. Sus ojos
se endurecían con cada embestida, apretaba los dientes,
y maldecía a la condenada. En su cuerpo y en su movimiento había un odio que empañaba como una máscara
su belleza. Cuando mató a Thereza sacó del bolsillo un
pañuelo blanco con el que limpió las salpicaduras de

sangre de sus botas. Luego montó en la bicicleta y se alejó como si no hubiera pasado nada.

* * *

IVANA SLADKIY, SUPERVIVIENTE DE RAVENSBRÜCK

TESTIMONIO NÚMERO 32

La supervisora nazi Dorothea Binz descubrió, escondido debajo de las literas, un recetario que las cuatro deportadas soviéticas del barracón habíamos escrito con comidas tradicionales de nuestro país. Nos hizo salir a la plaza, donde nos tuvo durante dos horas en formación abofeteándonos cada vez que le placía. Luego fuimos conducidas al búnker. Una por una nos amarraron al potro, y, despojadas de la ropa interior, recibimos los correspondiente veinticinco latigazos en las nalgas. Cuando acabaron, un médico, que estaba presente, el comandante Pflaum y Dorothea Binz empezaron a burlarse de nosotras. La guardiana nos ordenó que nos levantaramos la falda, y mientras contemplaban los moratones de nuestros traseros, los tres reían. Ella amenizaba la velada con expresiones soeces como: «¿Eso es un apestoso culo soviético?» o «Estos agujeros no sirven ya ni para una mala estaca.» Siempre nos trató con un absoluto desprecio, con verdadero asco, como si fuésemos sanguijuelas.

* * *

El día de la entrevista, me condujeron a una sala donde Dorothea Binz esperaba. Sus cabellos rubios le bajaban por los hombros, tenía la mirada dura, el gesto altivo y al verme no mostró ni el más leve estremecimiento. Le expliqué que era psiquiatra y que estaba allí para hacerle una última evaluación. Hubo un instante de silencio, el indispensable para que por fin reaccionara:

—Lo que tenía que decir ya lo he dicho, doctor Baum.

Su voz tenía esa enunciación abrupta, esa expresión gutural y pesada que caracteriza a las personas vacías de sentimiento.

—Señorita Binz, usted sabe que si sale condenada en el juicio morirá. Si usted colabora podré hacer un informe que tal vez cambie la pena de muerte por cárcel. Puede que esté enferma, trastornada —le dije.

Binz contestó segura:

—No estoy enferma. Yo sólo obedecía órdenes. Tenía que controlar a las prisioneras. Eso es lo único que hice. Alemania era un país en guerra, y yo había jurado lealtad al Führer. No podía actuar con remilgos ni sensiblerías. Era una de las supervisoras, y me encargaba de mantener el orden en el campo. Estoy orgullosa de mi tenacidad, de mi trabajo.

El recuerdo que Dorothea Binz conservaba de su labor como SS no tenía para ella nada de sombrío o alarmante; correspondía más bien al espacio de los honores que al de los temores o arrepentimientos. Estaba convencida de que su servicio a Hitler la despojaba de su terribilidad, y justificaba sus actos con una naturalidad pasmosa. Mantenía erguida la cabeza, los hombros firmes. Volví a hablarle:

—Algunas supervivientes del campo de Ravensbrück aseguran haber visto cómo usted torturaba y mataba a muchas de sus compañeras. A unas a golpes y puñetazos, a otras azotándolas en el búnker, a las más disparándoles en la nuca o soltando los perros que había entrenado para que las atacaran.

—Yo sólo cumplía órdenes –dijo otra vez sin estremecerse.

—Cuénteme por qué las torturó y asesinó.

La guardiana me miró y sonrió con aire de desafío:

—Sólo actué cómo correspondía con las rebeldes e indisciplinadas. Con ello ayudaba a la politíca regeneracionista de nuestro Führer. Hice lo que tenía que hacer. No se me puede culpar de haber cumplido con mi obligación. Era una SS y hubiese sido ilógico y absurdo que me escondiera como una niña miedosa, nunca se manda a alguien que padece vértigo a arreglar un tejado, doctor Baum. No estaba en el *Lager* para hacer examen de conciencia por cada uno de mis actos.

Su rostro mostraba una expresión depravada, pero curiosamente era así cómo mostraba algo semejante al éxtasis. La defensa que acababa de hacer pareció fortalecerla. Yo le cité otros crímenes de los que también estaba acusada:

—Hay testigos que dicen haberla visto ahogar a recién nacidos en cubos de agua, o estrellarlos contra la pared. ¿También los niños tenían que morir? ¿De qué podía acusar a esas criaturas?

—El campo no era lugar para niños. Cumplía órdenes, vuelvo a repetírselo.

—No puede justificar la muerte de inocentes con ese argumento.

—Desempeñaba mi trabajo. Yo era cumplidora y responsable, todas sabíamos el objetivo: acabar con la mala hierba.

Dorothea Binz parecía no tener conocimiento de la gravedad de sus actos, me repetía una y otra vez con voz firme que había obrado justamente en virtud de la acción regeneradora de la raza aria. No podía diagnosticarla como un caso de alexitia o anestesia sentimental, ella jamás habría confesado ser una de esas mujeres del Reich que operaban sin escrúpulos ni decoros, el producto corrompido de una época servil, dirigida por un líder ambicioso y temerario.

Tras analizar todos los escritos sobre la acusada, y después de leer y oír en el juicio los testimonios de las supervivientes de Ravensbrück, colegí que Dorothea Binz pensaba que una actuación compasiva no era propia de una buena *Aufseherin*. Las pendencias, los gritos y los asesinatos eran para ella una válvula de seguridad, con ello intentaba a toda costa seguir manteniendo su estatus en el campo.

El informe que redacté la condenaba irremisiblemente:

Dorothea Binz, guardiana en el campo de concentración de Ravensbrück, justifica sus actos criminales en virtud de una acción regeneradora.

No existe conciencia de culpa.

No existe en ella la compasión.

Gozó en el crimen.

Descartado trastorno esquizoide.

El sujeto puede reincidir en sus actos criminales ya que no ofrece en ningún momento modificación de voluntad.

En el juicio declararon muchos testigos que habían presenciado sus atrocidades. Fue condenada a morir en la horca por cometer crímenes de guerra.

El 2 de mayo de 1947, en la prisión de Hamelín, Dorothea Binz se encontró con su verdugo que le señaló el lugar donde debía ponerse para la ejecución. Ella se mostró firme, no lloró, no gritó, y aceptó la soga con entereza. Hasta el último momento mostró un ciego afán de entrega y obediencia a la causa nazi.

A la luz del alba sonó el chasquido del patíbulo. El cuerpo de Binz quedó suspendido en la horca. Bajo una luz lechosa se bamboleaba el cadáver de una mujer que no quiso admitir que los dioses, en los que había creído, habían caído de su pedestal.

LA VUELTA

Cuéntame cómo vives;
dime sencillamente cómo pasan tus días,
tus lentísimos odios, tus pólvoras alegres
y las confusas olas que te llevan perdido
en la cambiante espuma de un blancor imprevisto.

GABRIEL CELAYA

Abrí la ventana del salón y el olor de la noche parisina se coló en el apartamento que compartía con Ninette. Contemplé la ciudad, cubierta con el vaho sucio de la niebla. Había regresado a Francia después de ser liberada del campo de concentración de Ravensbrück. En este país había pasado dos años exiliada, cuando hui de la guerra civil española. Volví a mirar la ciudad desde lo alto, pensé en todos aquellos vagabundos que se perdían en un laberinto de callejones en busca de una historia que los redimiera de su mediocridad. Oí el ritmo enloquecido de las sirenas policiales, escuché la cadencia frenética de pasos por la acera. Veía las siluetas de otros edificios e imaginaba habitaciones sin ventana destinadas a hombres ciegos, recintos ocupados por gente que se dedicaba a sobrevivir después de la guerra. En mi memoria iba componiendo una ciudad, saturada de tristeza; repleta de quijotes vencidos; plagada de sábanas rotas donde se envolvía el amor de los que aún estaban juntos.

Me senté en el sofá y me serví una taza de té. Muchas deportadas que sobrevivieron pudieron regresar libremente a sus países después de la Guerra. Yo sabía que volver a España resultaba demasiado arriesgado. Cuando acababa de librar una durísima batalla, me quedaba combatir con la hostilidad de mi propio país. Cerré los ojos y comenzaron a desfilar por mi cabeza cientos de hombres con el mismo rostro, como si estuvieran multiplicados por una sucesión de espejos, como si todo estuviera repitiéndose de la misma manera en Barcelona. Había escrito varias cartas a mi madre, que seguía en la ciudad, y ella me dijo que todo estaba tranquilo. Nadie sabía que yo había participado en la Resistencia, y ni siquiera imaginaban que había acabado en un campo de concentración.

Sin temer nada, decidí volver. Fui recibida con gran alegría por los míos. Les conté que había estado más de un año internada en Ravensbrück, pero quise ahorrarles los detalles de todas las crueldades y miserias que había padecido.

El campo me había transformado. No podía dormir en la cama de mi habitación. Puse una manta en el suelo y ahí pasé las noches mientras estuve en casa. Rememoraba las jornadas en el *Lager*, las caras de mis compañeras, las voces de las *kapos*, los golpes de las guardianas. Volvían una y otra vez a mi cabeza las horas de castigo, el frío intenso, el hambre que habían matado a tantas mujeres. Luego comenzaba a enumerar palabras en voz alta: «tumba, dinero, piedra, discordia, máquina, lluvia, eternidad, caja, sueños, amor, sombra, ratas, inocencia, saliva, falsedad, hipocampo, rosa, lágrima, sonrisa, fuerza…» Las palabras salían de mi boca, estrellándose contra las paredes como gaviotas muertas. De repente no sabía dominar el lenguaje, no podía ordenarlo, no era capaz de asignar ideas a los conceptos. Me sentía perdida en un mundo que de repente se vaciaba de sig-

106

nificado. Entonces dormía largas horas intentando vencer aquel miedo.

Algunas mañanas salía a pasear por Barcelona, buscaba los lugares y los rincones donde había sido feliz antes de que estallara la guerra. Me repelía aquel ambiente gris y cerrado, todos aquellos burgueses y aristócratas que miraban con desprecio a los que se buscaban difícilmente el pan. Intentaba hallar una disciplina dentro del caos en el que aún vivía, pero siempre me encontraba con la aplastante certeza de que yo misma era el caos que otros habían creado. Me sentía desorientada, perdida. La espada de Damocles pendía sobre mi cabeza, si alguien descubría mi pasado todo se derrumbaría. España estaba acostumbrándose a su nuevo destino: vivir en obediencia, vivir con miedo.

Cada nuevo día era como una cuesta empinada que había que subir en un transcurso agotador. Cuando estaba en casa mi madre solía decirme: «Ahora somos como gorriones, debemos estar juntas para combatir a los buitres. Has sido muy fuerte, y debes seguir siéndolo». Me aportaba la compostura que a veces me faltaba, me ayudaba a tomar esa ración de aire diaria que necesitaba para afirmarme en un sitio donde ser libre era un pecado.

Sí, éramos gorriones con los ojos puestos en las migajas que dejaban otros gorriones solitarios y enfermos. Y estábamos obligados a darle estúpidos *síes* al nuevo Régimen, teníamos que fingir que seguíamos creyendo en esas filípicas de redención patria que nunca nos redimía. Éramos gorriones que buscábamos piadosamente en las sobras, echando mano de un rearme moral que costaba sobrellevar.

Después de Ravensbrück, yo no era más que una inquilina en mi patria, una inquilina que en cualquier momento podía ser desalojada. Pasaba mis días en Barcelona sin esperar nada, ansiando algo que quedaba siempre desmembrado en mi pecho. Regresé a París para vivir nuevamente con Ninette. Empecé a trabajar en una sastrería, y a la vez inicié mis estudios en La Sorbona.

Conocí a Bernard, un joven profesor de matemáticas, del que me enamoré. Después de haber estado en el infierno del campo, el contacto con aquel ser me resultó asombroso y único. Era como si hubiese despertado en mí un mar dormido durante mucho tiempo. Un beso de Bernard me hacía percibir el pulso bajo la piel, el deseo de estar viva, el ansia de amar y ser amada. Temía que, si le contaba mi pasado como activista de la Resistencia en Francia, o mi estancia en el campo de concentración todo acabara. Pero no podía mentirle. Cuando lo supo me abrazó muy fuerte como queriendo borrar con su cuerpo aquel tiempo cruentísimo, y lamentó no haberme conocido entonces para ayudarme. Se sentía unido a mí más que nunca. Nos casamos y formamos una familia. Nunca más volví a fijar mi residencia en España, aunque a partir de 1977, pasaba largas temporadas en Barcelona.

El tiempo fue cubriendo de olvido el paso de las españolas por los campos nazis. El país seguía mirando hacia otro lado, acusándonos de abrir heridas que jamás se habían cerrado. Mi familia y amigos que estaban en España me aconsejaron que no volviera la vista atrás. Pero no tenía por qué avergonzarme, ni debía borrar parte de mi biografía. La nuestra no fue una revolución perdida, la nuestra fue una revolución que llevó el nombre de muchas deportadas, que acabaron, como yo, en campos de concentración alemanes. Siempre habitará en mí esa voz que son todas las voces de Ravensbrück; ese inmenso grito que aún no se ha apagado entre aquellos muros donde, a pesar de tanto horror, siempre creímos que una vida mejor era posible.

BYE, BYE, TRISTEZA

Si en los hombres no aparece el lado ridículo, es que no lo hemos buscado bien.

FRANÇOIS DE LA ROCHEFOUCAULD

Don Poyato Estévez se consideraba un gran conocedor de la Segunda Guerra Mundial. Sus carnazas de hombre orondo, sujetas por el gabán, daban tales curvas a su talle y persona, que parecía la escultura mal tallada de un Buda. Gastaba un calzón de color pardomonte; y botas altas, cerradas con botonería de plata. Casi siempre llevaba puesto un casco alemán de la Wehrmacht, que había conseguido en el puesto de un buhonero. Tenía los ojos pequeños y azules, y se dibujaban en la córnea finos hilillos, que parecían inyectarlos en sangre. La nariz era cartilaginosa y ganchuda, como el pico de un ave de rapiña. El bigote finamente recortado sobre unos labios resecos.

Vivía en el campo, en un caserón rodeado de acacias y ombúes. En el patio se amontonaba el polvo y las hojas caídas de los jacarandás. Se llegaba hasta la vivienda por un paseo de plataneros. La verja, rota por el ala oeste, servía de entrada a gallinas y patos, que se arremolinaban en la fuente que manaba junto a una ceiba.

Don Poyato, sentado en una poltrona de cuero raído, sentía el cansancio de los años y la amargura de aquel salón desconchado donde el aire se espesaba como si estuviese hecho de betún. Puso la radio y escuchó con atención. Las noticias informaban de que habían encontrado en Rosario a un anciano, que había sido oficial nazi durante la Segunda Guerra Mundial. Según las investigaciones aquel hombre había cambiado de identidad, y había llevado una vida discreta en Argentina. Sin embargo, pesaba sobre su espalda muchos crímenes, siendo los más célebres los que cometió en el campo de concentración para mujeres «El Puente de los Cuervos». Josepz Weiss, que era su nombre real, había sido uno de los encargados de seleccionar a las mujeres para la cámara de gas. Además, se contaba que había colaborado con las guardianas del campo en el adiestramiento de los perros que mataron a muchas deportadas.

Don Poyato lanzó una de sus estruendosas carcajadas y exclamó:

—¡Agarraron al pájaro! ¡Qué boludo!

Notó revuelto el estómago y corrió al baño. Las ciruelas que había tomado la noche anterior habían desatado en el bandullo un manejo de tripas que descargaba ahora en una diarrea. Salió del excusado con el gabán manchado, y el calzón desabrochado para facilitar la labor si la urgencia apremiaba de nuevo.

Cogió la radio y se sentó en la poltrona a la espera de que Asunción le sirviera el desayuno. Apareció la criada, rechoncha y sesentona, canturreando el tango «Adiós Nonino»:

Acepto que tu amor
no es lo suficiente.
Y así contigo yo
jamás seré feliz.
Hoy quiero separar
lo que es real, del sueño...

Asunción arrastraba los pies, se enjugaba las manos en el mandil, y enseñaba la encía deshuesada escupiendo frases que atentaban contra el infortunio mañanero de don Poyato:

—Ya se me cagó, viejito, ya se me cagó. ¿Es que vos no tenés bastante con la faena que da? Se fueron de acá todos. Sólo le quedo yo, Poyatito, sólo yo porque me da pena. Usted solito no vale nada.

—Respéteme, Asunción, respete mis canas —dijo con voz temblona intentando en vano imponer su autoridad.

La criada soltó la bandeja del desayuno sobre la mesa y salió soltando una sarta de blasfemias. Él la miró con expresión inanimada, y siguió escuchando la radio. El locutor seguía hablando del alemán capturado, y reproducía las palabras que, según los testigos, Josepz Weiss solía decir a sus reas: «Sólo si mato salvo, sólo si mato.» Se acercó a la mesa para empezar a comer. Asunción había untado el pan con mermelada de ciruelas. Se acercó la rebanada a los labios, dio un bocado y lo escupió de inmediato al sentir el paladar el sabor dulzón. Ahora, en vez de protestar como acostumbraba, hizo pedacitos el pan y lo tiró al suelo, siendo reclamo inmediato de las gallinas que habían entrado al salón .

—Adelante, mi Führer, no dejes que esas boludas de taberna ganen —decía el viejo, exhortando a un gallo de pescuezo desplumado, que acababa de hacer acto de presencia y picoteaba con avidez las migajas.

Al oír el alboroto, Asunción acudió a la estancia, y al ver las aves comenzó a espantarlas con la escoba.

—Dejá comer al Führer, Asunción, déjalo —gritó don Poyato, levantándose de la poltrona.

—Siéntese, que va a pisar las inmundicias de estas puercas gallinas. ¡Qué quilombo! ¡Qué quilombo! —vociferó la criada.

—¡Amado Führer, defiéndase, defiéndase de esta vieja chismosa! —exclamó don Poyato, acercándose al animal, que, al sentirse acorralado, saltó a la bragueta y picó la verga que sobresalía del calzón desabrochado. En aquella lucha el Führer —así había bautizado al ave cuando era un polluelo— no estaba dispuesto a ser abatido por nadie, y se defendía a picotazos.

Cuando la doña se percató del trance, soltó un reguero de carcajadas. Condujo a don Poyato a la poltrona, dándoles escobazos en el trasero como si fuera una gallina más, y entre risas le decía:

—Casi lo capa el Führer, casi lo capa el gallito, ¿Quién lo iba a imaginar con lo bien puestos que dijo usted que los tuvo siempre?

Don Poyato se sentó y la criada salió al patio.

La radio narraba ahora el testimonio de una superviviente española del campo que había visto la lamentable procesión de mujeres que Weiss destinaba a la cámara de gas. Este llevaba siempre en la mano derecha una vara de hierro corta y puntiaguda, que iba hundiendo en el vientre o los brazos de las mujeres seleccionadas: débiles, ancianas y enfermas. También fueron muchos los niños que el oficial había gaseado acompañados de sus maltrechas progenitoras, y a los que solía elegir dándoles un golpe de vara en la cabeza. Algunos de estos pequeños encontraron la muerte de inmediato, nada más bajar del tren que los había conducido a Ravensbrück. Los alemanes los consideraban improductivos, y por lo tanto era necesario exterminarlos. El oficial se sentía pletórico cada vez que hacía una selección, era aquella una buena historia para contar a sus compañeros de Berlín y granjearse los favores personales de Hitler.

Asunción entró en el salón y lo vio con los ojos cerrados. Se acercó y le dio varios cachetes en las mejillas para que los abriera.

—Es la hora, viejito, mirá, mirame la concha. Venga Poyatito ¿No querés verme la concha?

El viejo abrió los ojos y ella le dijo:

—Le voy a poner la insulina. Venga súbase la manga.

Cuando don Poyato vio la jeringa se levantó y quiso poner rumbo al patio, temía el pinchazo lo mismo que un niño. La criada no podía dominar el pesado cuerpo de mastodonte, por lo que ya había encontrado la manera de doblegarlo. Cada vez que se resistía, Asunción se levantaba la falda, y le mostraba bajo la endorga el pubis boscoso y enmarañado. Entonces, manso como una oveja, le resbalaba un hilo de baba por el mentón, y le ofrecía el brazo.

Cuando el oficial sintió aquel día por las venas la insulina, lo asaltó una sensación de asfixia, se le bloquearon los pulmones, y una oleada de sangre se le agolpó en la cabeza, como si el casco le estuviera oprimiendo el cráneo. De forma repentina se encontró en presencia de dos mundos. El uno era el de ayer, donde él mismo se ocupaba del adiestramiento de los perros para destrozar a dentelladas a las prisioneras; donde la vara descargaba sobre todas las que marchaban a la cámara de gas; donde enjuiciar y martirizar eran el pan de cada día. El otro mundo lo enfrentaba a su propia conciencia a la que procuraba explicar, sin conseguirlo, el porqué de todas las brutalidades y martirios. En ese duelo final se enfrentaba a sus propios monstruos, a esos nidos de serpientes crecidos en su propio corazón. Arrebatado por un impulso último, se agarró con fuerza a los brazos de la poltrona y gritó a Asunción:

—Doñita, mis medallas y galones, mis medallas y galones. Todos tienen que saber que soy el SS-Obersturmführer, Josepz Weiss. Ha estallado la guerra contra Alemania, sólo si mato salvo, sólo si mato.

—Si, viejito, esta es su última guerra, y voy a condecorarlo cómo es debido.

Asunción cogió la tapa metálica de una lata de conservas, le hizo un agujerillo, le pasó una cinta y se la colgó del cuello. Prendió imperdibles a varias chapas de cerveza y acudió a condecorar a su señor.

La criada se despidió alegre. Ya no volvería hasta dentro de tres días. Asunción había cuadruplicado la dosis de insulina. Cuando regresara, aquel maldito nazi, que los había tenido engañados durante tanto tiempo, no sería más que un hospedero de gusanos y podredumbre. Ella misma se encargaría de redactar la necrológica para la prensa del país. Asunción se pasó la pañoleta por los hombros, cerró la puerta y avanzó por el paseo de los plataneros mientras canturreaba el mismo tango de siempre:

Y me alejo de ti, ya pienso más en mí,
no me digas que no, si ya lo decidí.
Yo no vine aquí a sufrir
puedo andar el mundo sin ti.
Quiero ser feliz.
Bye, bye, tristeza.

ÍNDICE